Tödliche Pralinen

Über den Autor

Léo Malet, geboren am 7. März 1909 in Montpellier, wurde dort Bankangestellter, ging in jungen Jahren nach Paris, schlug sich dort unter dem Einfluß der Surrealisten als Chansonnier und „Vagabund“ durch und begann zu schreiben. Zu seinen Förderern gehörte auch Paul Éluard. Eines von Malets Gedichten trägt den bezeichnenden Titel „Brüll das Leben an“. Der Zyklus seiner Kriminalromane um den Privatdetektiv Nestor Burma – jede Folge spielt in einem anderen Pariser Arrondissement – wurde bald zur Legende. René Magritte schrieb Malet, er habe den Surrealismus in den Kriminalroman hinübergerettet. „Während in Amerika der Privatdetektiv immer auch etwas Missionarisches an sich hat und seine Aufträge als Feldzüge, sich selbst als einzige Rettung begreift, gleichsam stellvertretend für Gott und sein Land, ist die gallische Variante, wie sie sich in Burma widerspiegelt, weitaus gelassener, auf spöttische Art eigenbrötlerisch, augenzwinkernd jakobinisch. Er ist Individualist von Natur aus und ganz selbstverständlich, ein geselliger Anarchist, der sich nicht von der Welt zurückzuziehen braucht, weil er sie – und sie ihn – nicht versteht. Wo Marlowe und Konsorten die Einsamkeit der Whisky-Flasche suchen, geht Burma ins nächste Bistro und streift durch die Gassen“ („Rheinischer Merkur“). 1948 erhielt Malet den „Grand Prix du Club des Détectives“, 1958 den „Großen Preis des schwarzen Humors“. Mehrere seiner Kriminalromane wurden auch verfilmt; unter anderen spielte Michel Serrault den Detektiv Burma. Léo Malet starb am 3. März 1996 in Paris.

In der Reihe der rororo-Taschenbücher liegen bereits vor „Bilder bluten nicht“ (Nr. 12592), „Stoff für viele Leichen“ (Nr. 12593), „Marais-Fieber“ (Nr. 12684), „Spur ins Ghetto“ (Nr. 12685), „Bambule am Boul' Mich'“ (Nr. 12769), „Die Nächte von St. Germain“ (Nr. 12770), „Corrida auf dem Champs-Élysées“ (Nr. 12436), „Streß um Strapse“ (Nr. 12435), „Wie steht mir Tod?“ (Nr. 12891), „Kein Ticket für den Tod“ (Nr. 12890), „Die Brücke im Nebel“ (Nr. 12917), „Die Ratten im Mäuseberg“ (Nr. 12918), „Ein Clochard mit schlechten Karten“ (Nr. 12919), „Das stille Gold der alten Dame“ (Nr. 12920), „Wer einmal auf dem Friedhof liegt...“ (Nr. 12921), „120, rue de la Gare“ (Nr. 12964) und „Blüten, Koks und blaues Blut“ (Nr. 12966).

Léo Malet

Tödliche Pralinen

Krimi aus Paris

Nestor Burma ermittelt

Aus dem Französischen
von Hans-Joachim Hartstein

rororo

Rowohlt

Veröffentlicht im Rowohlt Taschenbuch Verlag GmbH,
Reinbek bei Hamburg, September 1996

Die Originalausgabe erschien unter dem Titel
„Nestor Burma et le monstre“

Lektorat Anima Kröger
Umschlaggestaltung Walter Hellmann
Umschlagillustration Roland Reznicek
Gesamtherstellung Clausen & Bosse, Leck
Printed in Germany
990-ISBN 3 499 12968 x

1
Ein Konkurrent am Horizont

Ich will Sie nicht gleich zu Anfang mit der traurigen Auftragslage der Agentur *Fiat Lux* langweilen. Die flügellahme Situation ist chronisch für meinen Betrieb, auch wenn sich das Finanzamt so langsam fragt, wovon ich eigentlich lebe. Sicher, beim Stolpern über Leichen oder über seltsame Vögel, die mich in unwahrscheinliche Abenteuer hineinziehen, macht mir so leicht keiner was vor. Eine ökonomisch gesunde Grundlage ist jedoch was anderes.

Im allgemeinen stellt man sich mein Büro für „Nachforschungen, Ermittlungen und Aufträge aller Art“ als eine Tarnorganisation vor, in deren Schutz ich mich weniger ehrenhaften, dafür aber lukrativeren Aktionen widme.

Kurz und gut, man teilt die Meinung jener hübschen Frau, die ich einmal in der Wäscheabteilung eines großen Geschäftshauses traf und die mir mit einem komplizenhaften Lächeln zuraunte: „Na, Monsieur Burma, wieder auf der Jagd nach Abenteuern?“ Dabei dachte sie bestimmt an etwas anderes als an das, was verführerische, in duftige Seide gehüllte Schaufensterpuppen uns versprachen.

Genausowenig werde ich das Unschuldslamm oder den Beleidigten spielen und rot werden und darauf bestehen, daß man meine Buchführung überprüft. Letzteres würde übrigens zu nichts führen, da bei mir so gut wie nichts vorhanden ist. Das bißchen ist wirklich kaum der Rede wert.

Also, ich gestehe: Ich lebe von undurchsichtigen Geschäften. Hinzu kommen noch die Summen, die ich von einem halben Dutzend gehörnter Ehemänner kassiere. Als Gegenleistung überwache ich ihre Frauen. Doch diese Verträge könnten eigentlich direkt im Papierkorb landen. Ich jedenfalls werde die Damen nicht verpfeifen. Hab in der Schule mal die Geschichte von der Henne gehört, die goldene Eier legt, und meine Lehre daraus gezogen. Ich werde das Tier schon nicht schlachten, auch wenn's sich um einen Hahn handelt!

In der Metro muß ich manchmal daran denken, daß direkt neben mir ehrenhafte Bürger stehen, die der Meinung sind, es gäbe Orte, »Rennbahnen« genannt, an denen man Pferde galoppieren läßt, angetrieben von Kümmerlingen, „Jockeys" genannt, und trainiert von Stallburschen, „Trainer" genannt. Diese naiven Leute glauben nun allen Ernstes, daß über Sieg oder Niederlage der Wert und die schnellen Beine eines Pferdes entscheiden! Wenn ich daran denke, überkommt mich die bösartige Lust, leise in mich hineinzulachen. Solange es solche Blödmänner gibt, scheint für Betrüger aller Art die Sonne. Und die Leichtgläubigen stehen im Regen!

Man muß nicht unbedingt die Militärschule von Saint-Cyr absolviert haben – ganz im Gegenteil! –, um zu wissen, daß man einen Jockey auf den Pferderücken setzt, damit er das Tier antreibt oder zügelt: Ja nachdem, worauf der Besitzer sich mit ein paar Leuten tags zuvor geeinigt hat. Einem Eingeweihten wie mir, der schon so manchen Rennstallbesitzern oder Trainern einen Dienst erwiesen hat, kann man auf diesem Gebiet nichts vormachen!

Ein populärer Schriftsteller hat mal was geschrieben, das auch meine Mutter ergötzte: *Dreißig Jahre* oder *Das Leben eines Spielers*. Ich habe den Roman nicht gelesen, nehme aber an, daß es um die Spielleidenschaft ging. Man sollte sich nicht über Schriftsteller, die Trivialliteratur verfassen, lustig machen. Ich gebe zu, die Namen von Emile Richebourg, Xavier de Montépin, Fortuné de Boisgobey oder Ponson du Terrail sind zum Weglaufen. Aber außer diesen unaussprechlichen Namen haben sie noch etwas anderes gemeinsam: Sie verfügen über genaue Kenntnisse der menschlichen Seele, um es mit ihren eigenen Worten auszudrücken. Was ihre Psychologie angeht, so hätte der große Bourget, den ich auch nicht gelesen habe – aber man hat mir versichert, daß man auch ohne ihn aufwachsen kann –, daß also sogar Bourget sich eine Scheibe von ihnen hätte abschneiden können. Spielleidenschaft, die schicksalhafte Karte, der grüne Spieltisch, der sich vom Blut der Selbstmörder rot färbt: Unsere Trivialliteraten haben sich daran versucht. Und sie kannten sich aus, sie wußten, wovon sie schrieben!

Nach todsicheren Wetten auf Pferde, die garantiert als erste ins Ziel kamen, ging ich dazu über, mein Geld aufs Spiel zu setzen, ohne irgendeinen Tip gekriegt zu haben. Boxen, Radrennen, Schwimmwettkämpfe – alles war mir recht, um meiner Wettleidenschaft zu frönen. Ich hatte alles von einem Engländer an mir, bis auf den Akzent. Aber wenn ich so weitergemacht hätte, hätte ich mich eines schönen Tages auch noch davon anstecken lassen.

Das alles erzähle ich nur, um zu erklären, wie ich Idiot an dem Tag, als diese Geschichte begann, tausend Francs in den Sand setzte.

* * *

Gemütlich auf meinem nach hinten gekippten Bürostuhl schaukelnd, Beine auf der Schreibunterlage, Pfeife im Mund, so studierte ich die Sport-Illustrierte. Meine Anzugjacke hing über der Stuhllehne. Der Ventilator surrte, und im Aschenbecher wirbelte die Zigarettenasche hoch, die Roger Zavatter dort hineingeschnippt hatte. Die Kippe warf er auf die Straße, denn im Augenblick stand er am Fenster und beobachtete den Straßenverkehr. In einem Sessel saß Louis Reboul, mein anderer Mitarbeiter. Er versuchte die traurige Situation zu vergessen, indem er sich in ein Kreuzworträtsel vertiefte. Aus dem Nebenzimmer drang Schreibmaschinengeklapper. Hélène Chatelain, meine listige Sekretärin, wollte den Leuten, die durch den Hausflur gingen, weismachen, die Agentur *Fiat Lux* stecke bis über beide Ohren in Arbeit.

„Schönes Wetter“, bemerkte Zavatter. „Wenn es sich hält, werden ’ne Menge Leute kommen.“

„Wohin?“ erkundigte ich mich.

„Nach Monfleury, zum Autorennen in zwei Wochen.“

„Ich lese grade ’n interessanten Artikel darüber. Sieht so aus, als hätte die Nr. 10 gute Chancen. Der Fahrer ist Perrot, aus dem Stall Jamin.“

Reboul räkelte sich.

„Hab ich auch gehört“, sagte er gähnend, „im Bistro ... von Leuten, die Ahnung haben.“

Roger Zavatter verließ seinen Beobachtungsposten.

„Ich auch“, sagte er, „im *Cornet* und bei Gaston.“

Jetzt gähnte auch er und fügte hinzu:

„Ich glaube, ich muß mal was trinken.“

„In eben diesen Bistros?“

Er grinste.

„Und so nebenbei Ihr nicht verdientes Geld verwetten?“

„Kann schon sein.“

Ich stopfte meine Pfeife neu und zündete sie an, um Zeit zum Nachdenken zu gewinnen. Schließlich zückte ich meine Brieftasche.

„Hier sind tausend Francs. Aber nicht für Sie! Setzen Sie sie auf die Startnummer 10.“

Nachdem Zavatter die Agentur verlassen hatte, um Durst und Wetteifer zu stillen, legte ich die Sportillustrierte zur Seite und griff zu der Morgenausgabe des *Crépuscule*. Hatte sie schon vor- und rückwärts gelesen, doch ich wollte mich noch einmal davon überzeugen, daß sich mein Magen nicht ohne Grund zusammengezogen hatte.

Nein, ich träumte nicht. Auf der ersten Seite stand immer noch in riesigen Lettern:

DIE EHRENWERTE GESELLSCHAFT
DER RIESENBETRUG DES FALSCHEN BARONS
JAMES DE HELCOURT.
RENE GALZAT ENTLARVT DEN HOCHSTAPLER!

Im Alleingang, nur mit Hilfe seines analytischen Verstandes, ist der Journalist einem Rätsel auf die Spur gekommen, das die ausgefuchsten Spürhunde vom Quai des Orfèvres und die findigsten Privatdetektive unserer Stadt für unlösbar hielten. *(Forts. S. 5)*

Eine schöne Fortsetzung war das! Und ein schöner Schnapsheiliger, dieser Marc Covet! So was nannte sich „Freund"! Hätte er mich nicht anrufen können? Ganz bestimmt wußte er, welcher Sache sein Kollege da auf die Schliche gekommen war. Diesen Galzat hatte ich gefressen. Schlechtgelaunt brummte ich vor mich hin. Das tat ich nun schon seit heute morgen.

Der *Crépuscule* hatte die fettesten Lettern verwendet, um das Loblied auf den Sherlock Holmes ihrer Redaktion zu singen. Hörte sich beinahe schon wie 'ne öffentliche Bekanntmachung an.

DANK DER BEACHTLICHEN INTELLEKTUELLEN FÄHIGKEITEN VON RENE GALZAT... IM CREPUSCULE, DER BEDEUTENDEN TAGESZEITUNG...

Nicht zum Aushalten! Ganz besoffen von seiner Glanzleistung, konnte sich René Galzat vor Freude kaum fassen. War gar nicht mehr zu bremsen. Verhieß Sensationelles, versprach Unerhörtes und... hielt den Leser hin! Mit der Zeit und den Zeilen wurde es immer komischer.

Vor drei Monaten wurde der Taxichauffeur Yvan Boris auf der Straße nach Orléans ermordet. Die Polizei konnte die Täter bisher nicht fassen.

Vor zwei Monaten bemerkte Miss Sattle das Verschwinden ihres Diamantenkolliers, dessen Wert sich auf rund zehn Millionen beläuft. Von dem Kollier sowie den Dieben fehlt jede Spur.

Vor einem Monat wurde der Börsenmakler Karpel entführt. Die Polizei konnte bisher weder das Opfer finden noch die Entführer festnehmen.

René Galzat nimmt die Herausforderung an. Er wird diese Kriminalfälle in Angriff nehmen. Von einem bekannten Pariser Privatdetektiv wird behauptet, er schlage „das Geheimnis k.o."! Unser Mitarbeiter wird ihm diesen Rang bald streitig machen ...

Es wurde immer besser! Jetzt klaute man mir schon meinen Werbespruch! Ich schnappte mir das Telefon. Nach einer beträchtlichen Anzahl von Fehlversuchen wählte ich endlich die richtige Nummer des *Crépu*. Doch man ließ mich warten. Als ich schließlich Marcs „Hallo!" hörte, spürte ich das dringende Bedürfnis, ihn anzuschnauzen. Ich gab dem Bedürfnis nach. Die Membrane zitterte, die Leitung knackte und rauchte.

Marc Covet beteuerte seine Unschuld. Er habe nichts mit der Sache zu tun, schwor er beim Barte seiner verstorbenen Großmutter. Der alte Feigling! Galzat habe heimlich alles eingefädelt. Galzat hier, Galzat da ... Covet spuckte mir beinahe den Namen seines Kollegen ins Ohr. Nein, man konnte wirklich nicht behaupten, daß er ihn ins Herz geschlossen hätte. Nicht etwa, weil dieser Windhund drauf und dran war, mich auszustechen und mir meinen Titel als Dynamit-Burma abzujagen. Covet war vielmehr so schlecht auf ihn zu sprechen, weil er ihn nicht über seine Recherche informiert hatte und deshalb seine eigenen Artikel bei der Leitung des *Crépu* im Kurs sinken würden! Zufrieden stellte ich fest, daß sich die beiden Journalisten nicht riechen konnten.

„Ich schicke Ihnen Reboul vorbei", teilte ich meinem Freund mit. „Er ist ganz verrückt nach Mae West und will sich ein Foto abholen."

Mit diesen Worten legte ich auf. Reboul ließ von seinem Kreuzworträtsel ab und erhob sich aus dem Sessel. Fragend sah er mich an. Natürlich hatte er kapiert, daß der Spruch mit Mae West und dem Foto reiner Blödsinn war. Sein Typ war eher Arletty, und er wußte, daß ich es wußte.

„Sie werden versuchen, so viele Informationen wie möglich

über René Galzat aus Covet rauszukitzeln", trug ich ihm auf. „Ab sofort hängen Sie sich an den Schlauberger. Ich meine Galzat. Tag und Nacht lassen Sie ihn nicht aus den Augen. Wenn er einer Spur folgt, die zu den Diamanten der Engländerin oder den Entführern des Börsenmenschen führt, müssen Sie mich... Ich wiederhole: *müssen* Sie mich sofort benachrichtigen, damit wie vor ihm da sind und ihm die Beute vor der Nase wegschnappen! Kümmern Sie sich um jeden Dreck, schnüffeln Sie in seinem Leben herum... und in dem seiner Bekannten! Ich meinerseits werde mich bei der *Tour Pointue* erkundigen, ob er vielleicht mal verurteilt worden ist... wegen Zuhälterei, zum Beispiel. Könnte immerhin nützlich sein."

„Das wäre zu schön, um wahr zu sein", lachte Reboul. „Aber sagen Sie mal, Chef, ich wußte gar nicht, daß Sie so hinterfotzig sind."

„Ich auch nicht", gab ich seufzend zurück, „und es macht mir auch überhaupt keinen Spaß. Aber ich stehe nun mal nicht gerne als Trottel da. Ich habe einen Ruf zu verteidigen. Der Mann, der das Geheimnis k.o. schlägt, bin ich! Sonst niemand! Und da kommt so'n Journalist daher..."

„Ja, ja, schon gut!" rief Reboul. „Mir reicht die Erklärung mit dem Ruf, den Sie zu verteidigen haben. Wenn nämlich Nestor Burma seinen Ruf verliert, gibt es keine Agentur *Fiat Lux* mehr, und wenn es keine Agentur *Fiat Lux* mehr gibt, gibt es auch keine Honorare mehr!"

„Es ist eine Freude, zu sehen, wie zugänglich Sie idealistischen Argumenten sind", stellte ich fest.

Reboul zog eine Grimasse und ging hinaus. Ich nahm wieder den *Crépuscule* in die Hand. Auf keinen Fall durfte meine Wut verrauchen! Es wirkte. Schon nach wenigen Sekunden schleuderte ich das Käseblatt durchs Büro... direkt vor die Füße meiner Sekretärin, die soeben die Verbindungstür geöffnet hatte.

„Was gibt's?" knurrte ich ihr entgegen. „Ein Klient?"

„Das bezweifle ich. Da ist ein junger Bengel, der Sie sprechen will. Sieht aus wie'n kleiner Taschendieb. Behauptet, Sie zu kennen. Und angezogen ist der... Wo, zum Teufel, kann man sich so alte Klamotten besorgen!?"

„Fragen Sie ihn doch", riet ich ihr. „Wie heißt er?"

„Jacques Bressol."

„Bressol?" rief ich. „Der Gangster? Ja, natürlich ist das 'n Freund von mir..."

„Gangster?" fragte Hélène und verzog ungläubig das Gesicht. „Danach sieht er aber nicht aus. Ein Halbwüchsiger in abgerissener Kleidung..."

„Trotzdem ist er 'n richtiger Gangster. Soll reinkommen, ich brauch mal 'ne Abwechslung."

Kurz darauf stand Jacques Bressol vor mir. Eine abenteuerliche Erscheinung, dieser Fünfzehnjährige mit dem intelligenten, sympathischen Sommersprossengesicht. Seine lebhaften, frech dreinblickenden Augen wurden von einer Schirmmütze verdeckt. Der Junge war zu mager für sein Alter. Die übergroße, graue Jacke schlotterte um seinen knochigen Körper. Unter dem linken Ärmel war sie ganz schwarz: Spuren der Zeitungen, die frisch aus der Druckerpresse kamen. Der Stoff der rechten Tasche war durch einen Lederflicken ersetzt.

„Na?" begrüßte ich ihn. „Was gibt es Gutes?"

„Schlechtes", brummte der Junge und setzte sich.

Er angelte sich eine Kippe aus meinem Aschenbecher, zündete sie an und rauchte.

„Ärger mit den Flics?" fragte ich. „Sind die dir geschäftlich in die Quere gekommen?"

Als ich Jacques zum ersten Mal gefragt hatte, warum er die Karriere eines Zeitungsjungen gewählt habe, hatte er mir zur Antwort gegeben:

„Eines Tages will ich im Elysée sitzen. Und da führt nun mal kein Weg an dieser Knochenmühle vorbei."

Jedenfalls sei das in Amerika so. Staatspräsidenten und Aufsichtsräte hätten alle ihre Karriere damit begonnen, durch den Regen zu laufen und die „Letzten Neuigkeiten" herauszuschreien. Und da er hoffe, daß sich diese Sitte auch in Europa bald durchsetzen werde, wolle er zu den ersten Nachahmern gehören.

Im Augenblick ahmte er jedoch in erster Linie den berüchtigten Al Capone nach (weswegen ich meinen kleinen Freund „den Gangster" nannte): Er besaß einen ausgesprochen guten Riecher für Geschäfte aller Art.

Er hatte den Verkauf von *Intran, Crépu, Soir* und *Paris-Nuit* in ganz Saint-Ouen „vertrustet", wie er es nannte. Nach und nach weitete er seinen Bezirk ein wenig auf Paris aus, vom Boulevard Bessières bis la Chapelle. Unterstützt von anderen Rotznasen, zu deren Boß er sich ein für allemal ernannt hatte, machte er jedem Zeitungsverkäufer, der nicht zu seiner Bande gehörte, das Leben unmöglich.

So kam es, daß es nur knapp zehn Zeitungsjungen in einem Bezirk gab, der gut und gerne die doppelte Anzahl verkraftet hätte. Das Geschäft blühte, zumal es der pfiffige Jacques Bressol immer wieder schaffte, an den Auslieferungsstellen als einer der ersten abgefertigt zu werden. Und wenn sich mal ein kleiner Einzelkämpfer auf sein Gebiet wagte, konnte er leicht zur Räson gebracht werden. Wenn allerdings eine rivalisierende Bande anrückte, ging das nicht so glimpflich ab.

Genau das war zwei Monate zuvor passiert. Das löste eine erbitterte Schlägerei aus, bei der Bressols Leute und ihre Gegner reichlich Federn lassen mußten. Zigeuner und arbeitslose Araber spielten Ringrichter und feuerten sie begeistert an. Bressol ging siegreich aus der Schlacht hervor, was sein Ansehen noch beträchtlich steigerte. Die Flics nahmen sich jedoch vor, in Zukunft ein wachsameres Auge auf die Nachwuchsgangster zu werfen. Nichtsdestoweniger schwoll Bressols stolze Brust mehr und mehr an. Er beherrschte den Zeitungsverkauf in Saint-Ouen und Umgebung wie *Scarface* in Chicago den Schnapskonsum.

Es gehörte nicht zu den Gewohnheiten meines Freundes, mir auf die Bude zu rücken. Ich hatte ihn seit mehr als drei Monaten nicht mehr gesehen. Von der Schlägerei hatte mir einer meiner Bekannten berichtet, der in einer marineblauen

Uniform mehrere Stunden täglich an der Kreuzung Ney-du-Poteau den Straßenverkehr zum Erliegen brachte. Ich fürchtete, daß Jacques mit den Ordnungshütern aneinandergeraten war, und zwar ziemlich heftig.

Eine Weile knetete er seine Mütze in den Händen, dann knüllte er sie zusammen und stopfte sie in die Tasche mit dem Lederflicken.

„Die Flics lassen uns in Ruhe", erwiderte er auf meine Frage. „Haben nichts dagegen, daß wir unsere Blätter an den Fabriktoren verbimmeln. Ihnen ist es lieber, wir verkaufen Zeitungen, als daß wir Uhren klauen oder Touristen ausnehmen. Zur Schule oder zur Arbeit kriegt uns sowieso keiner! Aber daß ich 'ne lukrative Masche gefunden habe in diesen harten Zeiten, das bringt einige Scheißkerle um den Schlaf. Bei der Schlägerei haben sie den kürzeren gezogen, jetzt versuchen sie 'ne andre Tour..."

Er nahm noch eine zweite Kippe aus dem Aschenbecher, klemmte sie sich gekonnt in den Mundwinkel und fuhr in melodramatischem Ton fort:

„Man tötet mir meine Männer, Burma!"

„Im Ernst?"

Daß sich zwei Banden von Halbwüchsigen um einen günstigen Verkaufsbezirk prügelten, mochte ja noch angehen, obwohl es ein düsteres Licht auf die Zustände in unserer Gesellschaft warf. Aber sich vorzustellen, daß sie mit Revolvern oder anderen Waffen untereinander abrechneten... Nein, so gutgläubig war ich dann doch nicht. Der Junge wollte mir einen Bären aufbinden. Leider hatte er sich einen ungünstigen Moment ausgesucht. René Galzat reichte mir vollkommen.

„Wenn das 'ne Wette sein soll, dann hast du verloren", knurrte ich. „Über Nestor Burma hat sich noch niemand lustig gemacht... (Das stimmte nicht so ganz!) Und Jacques Bressol wird nicht der erste sein!"

„Wenn ich Sie verarsche, will ich tot umfallen!" knurrte er zurück. „Ich sage Ihnen: Man murkst meine Leute ab! Zwei in einer Woche, das ist doch nicht normal."

Er stand mit sorgenvoller Miene auf, zog eine Ausgabe des *Paris-Midi* aus der Tasche und zeigte mit dem Finger auf einen Artikel.

„Sehnse selbst", sagte er in seiner lässigen Sprache.

In drei Zeilen wurde von dem Tod des dreizehnjährigen Jean Tanneur berichtet, „wahrscheinlich hervorgerufen durch die Aufnahme arsenhaltiger Lebensmittel."

„Wer ist Jean?" erkundigte ich mich.

„Einer meiner Besten! Sehr brauchbar bei Großaktionen. Wurde von seinem Vater windelweich geschlagen und hat sich dafür an unseren... äh... Feinden gerächt. Ein ganz Harter. Er wurde umgebracht, ganz sicher. Genauso wie das Affengesicht."

„Das Affengesicht?"

„Louis Béquet. Noch einer von uns. Mußte vor drei Tagen ins Gras beißen."

„Béquet? Ist das nicht..."

„... ein Verwandter von dem, der Belkacem davon abgehalten hat, Sie um die Ecke zu bringen, ganz genau. Sein Sohn."

Ferdinand Béquet arbeitete in einer Fabrik in La Plaine Saint-Denis. Mit seinen fünfunddreißig Jahren sah er aus wie'n Greis. War alles andere als ein Held. Aber an jenem Tag in der verlassenen Lagerhalle in der Rue des Fillettes hatte er reflexartig auf den Abzug seiner Pistole gedrückt und mich so davor bewahrt, mir die Radieschen von unten ansehen zu müssen. Belkacem, ein Marokkaner, hatte die Kugel mit der Hand aufgefangen, in der er einen Revolver hielt. Sein Schuß war danebengegangen.

„Der Sohn von Ferdinand Béquet?"

„Jawohl."

„Und wann ist er gestorben, hast du gesagt?"

„Vor drei Tagen."

Ich warf einen Blick auf den Kalender und bat Hélène, mir die Zeitungen vom 12. und 13. zu bringen. Ich überflog die Ausgaben, doch ohne Erfolg. Der Tod von Louis Béquet, dem Affengesicht, wurde in keiner Zeile erwähnt. Trotzdem glaubte ich Jacques aufs Wort. Noch nie hatte er versucht, mir Märchen zu erzählen. Ich nahm meine Jacke von der Stuhllehne und forderte den „Gangster“ auf, mir zu folgen.

* * *

Mein alter Freund Florimond Faroux saß auf dem Kommissariat von Saint-Ouen seine Dienststunden ab und schwitzte. Rot wie 'ne Tomate, wischte er sich den Schweiß von der Stirn und fluchte. Immer abwechselnd. Man konnte ihn heute nicht mit der Kneifzange anfassen, das sah ich auf den ersten Blick.

„Verdammt nochmal!“ schrie er mir entgegen. „Sie haben mir grade noch gefehlt in meiner Sammlung! Jemand umgebracht worden in dieser Gegend? Und was ist das da für'n Schmierfink?!“

„Jacques Bressol“, stellte ich meinen Freund vor. „Eventueller Nachfolger von Albert Lebrun.“

Die graumelierten Schnurrbarthaare des Inspektors sträubten sich.

„Ich hasse es, wenn man mich bei dieser Affenhitze auch noch verarschen will!“ fauchte er.

„Regen Sie sich ab“, versuchte ich ihn zu besänftigen. „Aber Affenhitze war schon ganz richtig. Ich komme nämlich wegen Louis Béquet, dem Affengesicht. Und wegen Jean Tanneur. Bearbeiten Sie zufällig die Fälle?“

Faroux sah mich erstaunt an.

„Was haben Sie denn damit zu tun? Ihnen ist wohl alles recht, um gegenüber diesem Galzat wieder Boden gutzumachen, was? Komische Fälle suchen Sie sich dazu aus! Pech gehabt, mein Lieber! Der Fall Tanneur ist ziemlich harmlos. Damit können Sie keinen Schönheitspreis gewinnen.“

„Den Fall Tanneur kenne ich auch nur bruchstückhaft“, entgegnete ich. „Aber so harmlos ist Arsen nun wirklich nicht! Bei der anderen Sache könnten Sie schon eher recht haben: Von Schönheit keine Spur! Wie gesagt, Louis Béquet wurde von seinen Freunden ‚Affengesicht‘ genannt.“

„Wahrscheinlich liegt's an der Hitze... Affenhitze, haha... Aber ich versteh Sie nicht so ganz. Wenn Sie sich lustig machen wollen... Ich warne Sie, Burma! Wir verfügen über einen schalldichten Raum, so daß Ihre Schmerzensschreie auf der Straße nicht zu hören sind... Und du haust jetzt ab", brüllte er Jacques an. „Wasch dich erst mal!"

„Nein", widersprach ich, „der Junge haut nicht ab, und waschen kann er sich später noch. Im Moment ist er uns hier von größerem Nutzen..."

„Würden Sie bitte die Freundlichkeit haben und mir endlich sagen, wer der Schmierfink ist?"

„Fragen Sie doch den Herrn da", sagte ich und zeigte auf einen Flic, der sich beim Gähnen beinahe die Kinnladen ausrenkte.

„Das ist Jacques Bressol", antwortete der Mann gelangweilt. „Trägt Zeitungen aus... Ansonsten nichts Nachteiliges bekannt. Im Moment jedenfalls nicht. Ein Freund von Jean Tanneur."

„Danke, Dupont", sagte Jacques.

„Erstens heißt das ›Monsieur‹", schnauzte ihn der schläfrige Beamte an, „und zweitens heiße ich Duval!"

„Kommt auf dasselbe raus", bemerkte ich.

„Kommen Sie mit rüber", forderte Faroux mich auf, „da können wir ungestörter reden."

Wir folgten ihm in den Raum, den er als schalldicht bezeichnet hatte.

„Über den Fall Tanneur weiß ich so gut wie nichts", begann ich. „Hab nur in der Zeitung gelesen, daß der Junge Arsen geschluckt hat. Unfall? Verbrechen? Selbstmord? Mein Freund hier behauptet, daß eine rivalisierende Bande... wie soll ich sagen?... den Einfluß zerstören will, den er und seine Freunde in diesem Viertel besitzen. Mit anderen Worten: Er beschuldigt sie, seine gesamte Mannschaft nach und nach ausrotten zu wollen. Jean Tanneur gehörte zu seiner... Gruppe, verstehen Sie?"

„Ich glaube, Sie sind besoffen, Burma", urteilte der Inspektor und löste seinen verschwitzten Krawattenknoten.

„Als der Junge mir das erzählt hat, hab ich das gleiche gedacht. Aber…"

„Schluß mit dem Affentheater!" unterbrach mich Faroux. „Es ist brüllend heiß, ich geh jetzt schwimmen. Meine Zeit ist zu kostbar, um…"

„Ich habe zuerst geglaubt", fuhr ich unbeirrt fort, „daß Jacques mir Märchen erzählen wollte. Aber vor drei Tagen ist ein anderes Mitglied seiner Bande ebenfalls gestorben: Louis Béquet. Und das gibt mir zu denken. Sie täten gut daran…"

Faroux, der bereits aufgestanden war, um zur Tür zu gehen, kam wieder zurück.

„Davon wußte ich nichts. Wie hieß der Junge?"

„Louis Béquet, Affengesicht."

„Wie bitte!? Ach ja, das war sein Spitzname… Also, vom Tod dieses Louis Béquet wußte ich nichts. Wahrscheinlich ist daran nichts mysteriös. Einen Zusammenhang mit der Vergiftung des jungen Tanneur sehe ich im Augenblick jedenfalls nicht."

„Das war der Panther von Clichy, stimmt's?" platzte Jacques heraus.

„Laß uns mit deinen Tiergeschichten in Ruhe, Schmierfink!" herrschte Faroux ihn an. „Der Täter war wahrscheinlich Jeans Vater, der Taxifahrer Frédéric Tanneur. Eine Tragödie! Davon gibt es leider viel zu viele", seufzte er. „Nichts Sensationelles. Einfach und furchtbar. Er soll der beste Taxifahrer von Paris sein, sowohl was sein Talent als Automechaniker als auch seine genaue Ortskenntnis bis hin zu den dunkelsten Außenbezirken der Hauptstadt angeht. Leider ist sein Lebenswandel nicht so einwandfrei. Sobald er frei hat, treibt er sich in zwielichtigen Nachtklubs und Spielhöllen rum. Soll Touristen ausnehmen wie Weihnachtsgänse. Kommt ungefähr zweimal pro Woche sturzbesoffen nach Hause. In der letzten Zeit hat er seine Frau und seinen Sohn öfter verprügelt, nur so zum Vergnügen. Schreit in der Bude rum, daß man's in der ganzen Nachbarschaft hört… 'ne Zumutung!"

„Manchmal hatte Jean überall blaue Flecken", bestätigte Bressol mit leiser Stimme.

„Gestern hat er Jean Schokolade mitgebracht“, fuhr der Inspektor fort, ohne Jacques zu beachten. „Das erste Geschenk, das er seinem Sohn gemacht hat. Und das letzte! Es war nämlich Arsen drin... Aber daß der Kerl auch den andern vergiftet haben soll, Ihren Alfred...“

„Louis“, verbesserte ich ihn. „Louis Bréquet. Schreiben Sie sich den Namen endlich auf, Florimond!“

Ich reichte ihm meinen Bleistift. Faroux wünschte mich zum Teufel.

„Also, ich muß schon sagen“, fügte er hinzu, „der berühmte Dynamit-Burma ist sehr in meiner Achtung gesunken! Das macht wohl der schlechte Umgang...“

Er wies mit dem Kinn auf Bressol und gab mir zu verstehen, daß ich auf einem Polizeikommissariat mit solch einer Gestalt im Schlepptau weniger gut ankäme als bei Dreharbeiten von Filmen mit solchen Titeln wie *Sackgasse*. Ich kapierte: Nichts zu machen! Ich versprach dem Zeitungsjungen, mich um die Angelegenheit zu kümmern, und forderte ihn unmißverständlich auf, das gastliche Haus zu verlassen. Jacques kapierte ebenfalls und zog ab.

Nun wurde Florimond Faroux etwas umgänglicher. Der kleine Schmierfink sei ihm auf die Nerven gegangen, sagte er seufzend und wischte sich zum hundertsten Mal den Schweiß von der glänzenden Stirn. Das Taschentuch konnte man auswringen. Jetzt bemerkte auch ich, daß die Hitze unerträglich war. Ganz neu war die Erkenntnis nicht, aber sie brachte mich auf eine Idee.

„Haben Sie nichts zu trinken hier?“ fragte ich.

Faroux zuckte die Achseln, ging zur Tür und schickte einen seiner Untergebenen zum Bierholen.

2
Der Tod des Jean Tanneur

„Gestern nacht, so gegen eins“, begann der Inspektor, nachdem er den ersten Schluck getan und das Glas wieder auf den Tisch gestellt hatte, „rief Jean nach seiner Mutter. Zuerst leise, weil er seinen schnarchenden Vater nicht wecken wollte. Der schlief nämlich seinen Rausch aus. Als die Schmerzen dann unerträglich wurden, rief Jean lauter. ‚Fast geschrien hat er‘, hat Madame Tanneur ausgesagt. Nebenbei bemerkt, ich mag die Frau nicht! Eine von denen, die sich für was Besseres halten. Drückt sich wer weiß wie geschwollen aus. ‚Oh, Sie müssen nicht meinen, daß es uns immer so schlecht ging‘ etc. Mir gehen die Leute auf den Wecker, die ständig behaupten, früher wär's ihnen mal besser gegangen... Aber zurück zu Jean! Der Junge klagte über starke Magenschmerzen und wahnsinnigen Durst. Während seine Mutter irgendeinen Kräutertee für ihn kochte, stand er auf, schwankte und fiel hin. Er wand sich vor Schmerzen und fing an zu kotzen, das Gesicht kreideweiß, Hände und Füße eiskalt. Der Zaubertrank seiner Mutter schien ihm gutzutun. Er mußte sich noch ein paarmal übergeben. Der Vater wurde wach, nahm aber die Magenschmerzen seines Sohnes nicht ernst und ging aus dem Haus. Seitdem ist er verschwunden. Um zur Arbeit zu gehen, war es noch zu früh. Wahrscheinlich hatte er Angst vor der Polizei. Übrigens ist er danach nicht zum Dienst erschienen.“

Faroux trank wieder einen großen Schluck und stellte das Glas auf den Schreibtisch.

„Die Tanneurs sind nicht grade reich“, fuhr er fort. „Nicht weil er als Taxifahrer nicht genug verdienen würde, aber der größte Teil seiner Tageseinnahmen geht bei seiner Freizeitgestaltung drauf... Kurz und gut, Madame Tanneur rief im Krankenhaus an, und der Bereitschaftsarzt diagnostizierte eine Arsenvergiftung. Heute morgen um 9 ist der Junge gestorben. Nach Aussage der Mutter war der Göttergatte zwar wieder besoffen nach Hause gekommen, benahm sich aber wesentlich zivilisierter als sonst. Zum Beispiel öffnete er die Tür mit der Hand. Ja, mit der Hand, Burma, nicht mit einem Fußtritt! Und während des Abendessens hat er keinen Ton gesagt. Nur gesoffen hat er wie 'n Loch, bis er vom Stuhl kippte und auf der Stelle einschlief. Madame Tanneur fing wie üblich an, ihn auszuziehen, um ihn ins Bett zu bringen. In der Hoffnung, noch ein bißchen Geld zu finden, durchsuchte sie seine Taschen und stieß dabei auf ein paar zerdrückte Pralinen, lose, uneingepackt..."

„Also war das gar kein Geschenk für seinen Sohn?" fragte ich.

„Nach Aussage von Madame Tanneur, nein. Aber es ist doch ganz offensichtlich, daß die Ärmste ihren Mann nicht zu sehr belasten will."

„Sie haben gesagt: uneingepackt, also waren die Pralinen weder in der Tüte eines Geschäfts noch in irgendeinem besonderen Papier?"

„Bestimmt waren sie ursprünglich eingepackt gewesen. Aber Madame Tanneur muß alles vernichtet haben."

„Dann macht sie sich zur Komplizin eines Mannes, der sie verprügelt hat? Komplizin wobei? Beim Mord an ihrem eigenen Sohn? Fällt mir schwer, das zu schlucken, Faroux. Haben Sie die Frau verhaftet?"

„Noch nicht."

In diesem Augenblick kam ein Beamter herein, um den Inspektor ans Telefon zu rufen. Faroux wischte sich den Bierschaum vom Mund und ging hinaus. Als er wiederkam, strahlte er mich zufrieden an.

„Wir haben den Vogel", sagte er.

„Frédéric Tanneur?"

„Höchstpersönlich. Werd ihn mir mal vorknöpfen. Kommen Sie mit? Das ist zwar gegen die Bestimmungen, aber wir kennen uns jetzt schon so lange... Und Sie scheinen sich ja sehr für den Fall zu interessieren, obwohl ich immer noch nicht so recht weiß, warum..."

„Wollen Sie vorher nicht die Béquets interviewen? Die Familie wohnt ganz in der Nähe..."

„Die Béquets? Wer ist denn das?"

„Ich habe Ihnen doch gesagt, Sie sollen sich den Namen notieren! Das sind die Eltern des Knaben, der vor drei Tagen gestorben ist. Louis Béquet, genannt ‚das Affengesicht'."

„Ach ja! Louis Béquet... Béquet... Béquet... Sagen Sie mal... Ah, jetzt weiß ich endlich, warum Sie sich dafür interessieren! Hieß der Kerl, der mal Ihr bedrohtes Leben gerettet hat, nicht auch Béquet?"

„Glückwunsch zu Ihrem phantastischen Gedächtnis! Ja, das ist der Vater des toten Jungen."

Faroux bewegte seine Hände, so als würde er stricken.

„Sie ändern sich nie! Weil der Sohn Ihres Lebensretters drei Tage vor Jean Tanneur abgekratzt ist, weil beide gleichaltrig waren und zu der Bande dieses Schmierfinks gehörten und weil alle miteinander zu viele Kriminalgeschichten in den Zeitungen, die sie verkaufen, gelesen haben – weil das alles so wunderbar zusammenpaßt, stricken Sie sich eine Geschichte zusammen. Ihre Phantasie geht mal wieder mit Ihnen durch, Burma. Gehn Sie mir nicht mit Ihrem Louis Béquet auf die Nerven! Wir haben's hier mit dem Fall Tanneur zu tun, und der liegt so klar vor mir wie ein Gebirgsbach. Nichts zu ernten für Dynamit-Burma. Werd's Ihnen gleich beweisen. Kommen Sie, Vater Mörder wartet auf uns!"

Auf dem Weg zum Quai des Orfèvres machte ich mir so meine Gedanken. Plötzlich schoß mir die Kardinalfrage, die an den Anfang jeder Ermittlung in einem Mordfall gehört, durch den Kopf. Sofort servierte ich sie meinem Freund Florimond:

„Welches Motiv hatte der Mann, um seinen eigenen Sohn umzubringen?"

Motiv? Da konnte Inspektor Faroux nur lachen. Seine Antwort erinnerte mich an die Schriftsteller, von denen ich weiter oben bereits gesprochen habe: Haß... Familiendrama... das Kind stammte vielleicht von einem andern... etc. So viele Täter wie Motive gebe es gar nicht, behauptete er.

Und er hatte recht. Aber wie gesagt, diese Art Literatur liegt mir nicht besonders.

* * *

Frédéric Tanneur war sichtlich beeindruckt von der Tatsache, daß er sich in den Räumen der Kriminalpolizei aufhielt. Er hatte ein noch jugendliches, stolzes Gesicht, braungebrannt, energisch, mit intelligenten Augen. Ich wunderte mich im stillen darüber, daß ein Mann, dem ein übermäßiger Drang zu noch übermäßigerem Alkoholgenuß nachgesagt wurde, um diese Uhrzeit noch nicht sternhagelvoll war. Vor allem, weil er einen arbeitsfreien Tag hinter sich hatte.

„Da ist Ihr Kunde", sagte ein junger Inspektor, der uns hergebracht hatte.

Faroux schnupperte an dem Festgenommenen.

„Zahnpasta!" stellte er enttäuscht fest. „Komischer Säufer... Hat wohl plötzlich seine Gewohnheit geändert... Wo habt ihr ihn geschnappt?"

„Im *Petit Pot*. Wir haben den Tip von der Taxizentrale gekriegt."

„Hat er Widerstand geleistet?"

„Überhaupt nicht."

„Sein Glück!"

„Ich möchte Ihnen eine Frage stellen, Inspektor", sagte Tanneur und stand auf.

„Sie werden gleich genug damit zu tun haben, auf meine zu antworten", knurrte Faroux ihn an. „Bringen sie ihn zu mir rüber, wenn ich läute", fügte er, an seinen jungen Kollegen gewandt, hinzu.

Wir gingen in einen kahlen Raum, in dem als einzige Dekoration ein Foto des Polizeipräfekten hing. Er nahm gerade einen Blumenstrauß aus den Händen eines Sportlers entgegen, der ihm außer den Blumen ein mörderisches Grinsen schenkte.

„Den werd ich erst mal 'ne gute halbe Stunde schmoren lassen", sagte Faroux, womit er den Taxifahrer meinte. „Sie können ja inzwischen die Aussagen der Nachbarinnen lesen. Das wird Sie davon überzeugen, daß der Tod von Jean Tanneur nichts mit dem Ihres Béquet zu tun hat."

Er schob mir einen Stoß beschriebener Blätter über den Schreibtisch zu. Die Klatschgeschichten der Nachbarinnen ließen Frédéric Tanneur in denkbar ungünstigem Licht erscheinen: streitsüchtig, aufbrausend, hatte mehr als einmal seiner Frau und seinem Sohn angedroht, sie umzubringen. Seinen Nachbarn gegenüber benahm er sich arrogant (sagten die Klatschtanten!), mit allen hatte er sich verzankt, fast alle hatte er in betrunkenem Zustand tätlich angegriffen. Die Hüterinnen der Moral in diesem Viertel von Saint-Ouen waren sich einig: Frédéric Tanneur sei genau der Typ Mann, der sein eigenes Kind umbringt, für das er übrigens nie so was wie Zuneigung verspürt habe... Kurz gesagt, in den Zeugenaussagen, die ich hier vor mir hatte, zeigte sich aufs schönste die übliche Bösartigkeit, die die Beziehung von Hausbewohnern untereinander bestimmt. Nein, dieses rabenschwarze Bild schien mir nicht zu dem Mann zu passen, den ich soeben im Vorzimmer gesehen hatte!

Mit der Aussage von Madame Tanneur hatte mich bereits mein Freund Florimond vertraut gemacht. Die vergifteten Pralinen waren demnach nicht als Geschenk aus der Tasche des Vaters an den Sohn gewandert, sondern von ihr in eben dieser Tasche gefunden worden.

Ich gab dem Inspektor die Schriftstücke zurück, und er ließ den Mann hereinführen.

„Sie sind mir eine Erklärung schuldig!" begann Tanneur aggressiv. „Was soll das Ganze? Was hab ich hier am Quai des Orfèvres zu suchen? Normalerweise komme ich mit der Polizei ganz gut aus. Sie haben einen seltsamen Begriff von der bürgerlichen Freiheit, scheint mir!"

„Halten Sie wohl die Klappe?!" fauchte Faroux zurück. „Setzen Sie sich!"

Der Inspektor kam hinter seinem Schreibtisch hervor und baute sich vor Tanneur auf.

„Nehmen Sie Ihre Mütze ab! Und geraucht wird hier auch nicht!"

Mit dem Handrücken schlug er dem Mann die Mütze vom Kopf und die Zigarette aus dem Mund. Dann steckte er sich selbst eine *Gauloise* zwischen die Lippen, zündete sie an und setzte sich wieder hinter den Schreibtisch.

„Fangen wir endlich an", sagte er. „Name?"

„Tanneur. Frédéric Tanneur. Aber..."

Nach der Feststellung der Personalien folgten ein paar Bemerkungen über seine Trink- und Spielleidenschaft. Zola und Montépin ließen grüßen. Dann fragte Faroux:

„Warum sind Sie heute nicht zur Arbeit gegangen?"

„Muß ich darauf antworten? Das tut doch wohl nichts zur Sache. Was das Trinken angeht... äh... Ich frag mich selber, warum ich das tu. Und die Spielerei..."

„Wenn Sie nicht antworten wollen, dann lassen Sie's bleiben. Ist mir scheißegal! Ich stelle Ihnen 'ne andere Frage. Hat allerdings auch nichts mit Alkohol zu tun... Wie ging es Ihrem Sohn heute morgen?"

„Meinem Sohn? Wie meinen Sie das?" Tanneur schaute verständnislos. „Er war krank. Das Abendessen muß ihm nicht bekommen sein."

„Na, so langsam verstehen wir uns", seufzte Faroux mit gespielter Gutmütigkeit. „Das Abendessen also, hm? Was Sie nicht sagen! War's vielleicht die Schokolade?"

Mein Freund Florimond widerte mich an. Ich hatte ihn nie Katz und Maus spielen sehen. War sonst eigentlich nicht seine Art. So fest glaubte er also an die Schuld des Mannes, der vor ihm saß! Ich verzog das Gesicht. Der Taxifahrer ebenfalls, allerdings aus einem anderen Grund.

„Ich persönlich mag keine Schokolade", sagte er. „Aber was spielen wir eigentlich? Begriffe raten?"

„Oh nein! Wir spielen das Wahrheitsspiel. Sehr amüsant, kann ich Ihnen sagen! Aber zurück zum Thema, das heißt: zur Schokolade. Sie haben gestern abend Ihrem Söhnchen welche mitgebracht, stimmt's?"

Tanneur lachte.

„Ich glaube, wir spielen Professor Plume und Dr. Goudron. Nein, ich habe meinem Sohn keine Schokolade mitgebracht. Das hab ich noch nie getan."

„Genau das hat man mir erzählt."

„So, das war's dann wohl. Sie hatten Ihren Spaß, ich gehe!"

Der Taxifahrer stand auf.

„Sitzenbleiben!" schnauzte Faroux. „Sie haben Ihrem Sohn Schokolade mitgebracht. Das haben Sie sonst nie getan, wie Sie selbst zugeben. Ein Grund mehr, Ihr Geschenk als verdächtig zu bezeichnen. Das Schokoladen-Geschenk, Tanneur! Hier, das Resultat!"

Der Inspektor reichte dem Mann ein Foto. Der warf einen Blick darauf und wurde blaß. Er sprang auf, der Stuhl kippte nach hinten. Beide Hände auf den Schreibtisch gestützt, sein Gesicht ganz nah vor dem des Inspektors, schrie er:

„Um Himmels willen! Jean sieht aus... als... als..."

„Ja, er ist tot", stellte Faroux sachlich fest. „Vergiftet. Das Arsen, das Sie in die Pralinen getan haben..."

„Was?"

Tanneur sah uns abwechselnd an, fassungslos.

„Das... Das ist doch nicht mö... nicht möglich", stammelte er. „Aber... Ich... Großer Gott!"

„Schnauze!" brüllte Faroux. „Sie werden mir jetzt antworten, klar?!"

Tanneur brach zusammen.

„Aber... Inspektor", jammerte er, „das ist ja... furchtbar! Mein Kind... Jean... tot... Und dann... Sie verdächtigen mich... Mich!" schrie er auf. „Das ist furchtbar! Ich soll... meinen Sohn vergiftet haben!? Das... glauben Sie doch, ja?"

„Ich glaube gar nichts. Ich halte mich nur an Tatsachen. Gestern abend haben Sie Ihrem Sohn Pralinen mitgebracht. Er hat sie gegessen, und jetzt ist er tot. Wo haben Sie die Pralinen gekauft?"

„Ich habe keine Pralinen mitgebracht. Weder gestern noch irgendwann sonst."

„Letzteres glaube ich Ihnen aufs Wort! Nein, Geschenke machen ist nicht Ihre Art. In diesem Punkt stimmen alle Zeugenaussagen überein. Monsieur Tanneur, Sie waren alles andere als ein zärtlicher Vater. Und die Aussagen Ihrer Nachbarinnen sind alles andere als günstig für Sie."

„Wollen Sie mich etwa aufgrund der Aussagen meiner Nachbarn einsperren?"

„Warten Sie doch wenigstens, bis offiziell Anklage gegen Sie erhoben wird!"

„Offiziell!" wiederholte Tanneur. „Offiziell! Sie machen mir Spaß! Schlimmer kann's für mich auch nicht werden, wenn ich... offiziell angeklagt werde!"

„Gleich, wenn Sie hier rausgehen..."

„Falls ich überhaupt hier rauskomme!"

„Warum denn nicht?" mischte ich mich ein. „Sie sind doch unschuldig, oder?"

Der Taxifahrer sah mich an und schrie:

„Ja, ich bin unschuldig, egal, was Sie denken! Sie verhören mich hier wie einen Verbrecher und beschuldigen mich, mein eigenes Kind getötet zu haben. Und ich sage Ihnen: Nein, nein und nochmals nein! Ich bin unschuldig! Ich habe dieses schreckliche Verbrechen nicht begangen!"

„Ich würde Ihnen gerne glauben", sagte Faroux gelassen. „Antworten Sie jetzt bitte nur auf meine Fragen."

„Sie brauchen mir keine Fragen zu stellen, die Antwort auf alle lautet: Nein!"

„Nicht doch, Tanneur, nicht doch! Nicht auf alle Fragen lautet die Antwort ‚nein'. Zum Beispiel werden Sie doch wohl nicht bestreiten, gestern abend stockbetrunken nach Hause gekommen zu sein, oder?"

„Ja, das stimmt, ich war völlig betrunken", gab Tanneur zu. „Ich kam von einer Feier... äh... besser gesagt, von einer Beerdigung."

„Was haben Sie denn gefeiert... oder beerdigt?"

„Nein, nein", antwortete der Taxifahrer lebhaft, „das hat hiermit nichts zu tun. Daß ich mich gestern abend betrunken habe, geht Sie nichts an."

„Wie Sie meinen." Faroux benahm sich jetzt ganz gesittet. „Sie sind also betrunken nach Hause gekommen. Und erinnern sich natürlich an nichts mehr, stimmt's?"

„An gar nichts."

„Dann werd ich mal Ihr Gedächtnis auffrischen! So besoffen, wie Sie waren, haben Sie ausnahmsweise Ihre Frau und Ihren Sohn mal nicht verprügelt. Waren ganz brav, ganz liebender Vater. Und haben Ihrem Sohn Pralinen geschenkt, an denen er dann gestorben ist."

„Ich habe ihm keine Pralinen geschenkt."

„Gut. Dann leugnen Sie wohl auch, überhaupt Pralinen bei sich gehabt zu haben?"

„Ja."

„Bedaure, aber das steht in direktem Widerspruch zu dem, was Ihre Frau ausgesagt hat. Die Ärmste! Dabei hat sie das zu Protokoll gegeben, um Sie zu schützen!"

Faroux las den entsprechenden Absatz aus dem Protokoll vor.

„Ich erinnere mich nicht, Pralinen bei mir gehabt zu haben", sagte Tanneur resigniert.

Er war jetzt noch blasser geworden.

In diesem Augenblick läutete das Telefon auf Faroux' Schreibtisch.

3
Der Winkeladvokat

Inspektor Faroux nahm den Hörer ab.

„Hallo!"

Eine Sekunde später machte er das Gesicht eines Mannes, der seinen Stellungsbefehl erhalten hat.

„Jannet? Na schön…" Resigniertes Seufzen. „Soll reinkommen!"

Als ich den Namen hörte, spitzte ich die Ohren. Jannet. Thomas Jannet, der Winkeladvokat. Anwalt und Verteidiger der Killer aus Marseille, die in Paris ihrer aufregenden Arbeit nachgingen. Anwalt der undurchsichtigsten der zwielichtigen Gestalten. Mein Blick richtete sich fragend auf Faroux' Schnurrbart.

„Genau der", antwortete mein Freund auf meine unausgesprochene Frage. „Er möchte mich sprechen. Besser, man legt ihm keine Steine in den Weg. Mit dem da…" Er zeigte auf Tanneur, „mache ich später weiter."

Die Tür öffnete sich, und herein spazierte der kugelförmige Maître Jannet. Seine Äuglein blitzten schelmisch hinter dem Kneifer mit dem goldenen Kettchen. Alles schwamm in Fett. Hinter ihm stand ein Flic, den Faroux anwies, Frédéric Tanneur in einen anderen Raum zu bringen.

„Nein, nein!" rief Jannet. „Falls es sich bei ihm um Frédéric Tanneur handelt, ist es besser, er bleibt hier. Wegen ihm bin ich nämlich gekommen, Inspektor."

„Ich verstehe nicht recht…" murmelte Faroux.

„Ich habe gehört, daß Monsieur Tanneur, den ich gut kenne…"

„Er scheint Sie aber ganz und gar nicht zu kennen",

bemerkte ich lachend. „Schauen Sie sich mal seine staunenden Kinderaugen an! Und Sie, lieber Maître, haben, wenn ich recht gehört habe, soeben gesagt: ‚Falls es sich um Frédéric Tanneur handelt...‘ Das läßt doch wohl darauf schließen, daß Sie sich an sein Gesicht nicht besonders gut erinnern können. Ich will Ihnen nichts Böses, aber Spaß macht's mir doch."

„Sieh an, Nestor Burma!" tönte Jannet jovial. „Sie würde ich auch mit falschem Bart erkennen. Ich stelle fest, daß Augen und Ohren bei Ihnen immer noch ausgezeichnet funktionieren. Aber sagen Sie, was treiben Sie denn hier?"

„Ich stehe unter Mordverdacht", raunte ich ihm zu.

„Ach, wirklich?" Er lachte prustend los. „Also, ich könnte Sie... Oh, unser lieber Inspektor wird ungeduldig. Lassen Sie mich ihm die Gründe für meinen Besuch auseinanderlegen..."

Und er begann zu sprechen und wedelte mit den Armen, obwohl er gar keinen Talar trug. Unaufhörlich ließ er dabei den riesigen Solitär an seiner Hand funkeln. Eine entsetzliche Angewohnheit!

„Der Mann mit dem Solitär", so wurde Thomas Jannet in bestimmten Kreisen genannt. Der Diamant war das Geschenk eines berüchtigten Juwelendiebs. Wenn man den dicken Anwalt fragte, ob er keine Angst habe, daß... na ja, Sie verstehen schon..., dann antwortete er lächelnd, er besitze die Quittung. Es war wohl das einzige Schmuckstück, das der berühmte Dieb jemals ehrlich erworben hatte. Und das, um den Stein seinem Anwalt zum Geschenk zu machen! Ja, Maître Jannet wurde von seinen Mandanten regelrecht geliebt...

Je länger er sprach, desto größer wurde mein Interesse. Frédéric Tanneur war noch nicht offiziell angeklagt, und schon bot sich der große, geschickte Alibi-Zauberer an, ihn zu verteidigen! Ich konnte den finanziellen Nutzen nicht erkennen, den er sich davon versprach. Genauso mußte es dem Inspektor gehen. Seine Augen waren groß wie Lottokugeln.

„Dann wollen Sie also die Verteidigung dieses Mannes übernehmen, der noch gar nicht angeklagt ist?" stieß er mühsam hervor. „Macht Ihnen vielleicht die Hitze zu sehr zu schaffen?"

„Ein Anwalt muß auch Witwen und Waisen beistehen", erwiderte der Dicke pathetisch, wobei er sich offensichtlich mächtig am Riemen reißen mußte, um nicht laut loszulachen.

„Komische Witwe!" knurrte Faroux nur.

„Ja, ja, wie das Leben so spielt", pflichtete Jannet ihm bei. „Und jetzt, Inspektorchen, spucken Sie mal aus, was Sie bereits wissen."

Er warf mir einen spitzbübischen Blick zu. Ich warf den Blick zurück. Doch, der Winkeladvokat amüsierte sich prächtig, und ich mußte zugeben, daß ich ebenfalls meinen Spaß hatte. Nicht grade alltäglich, dem Anwalt der kriminellen Oberschicht dabei zuzusehen, wie er sich für einen armen Schlucker stark machte. Ich fragte mich, was wohl dahintersteckte.

* * *

Mit monotoner Stimme faßte der Inspektor die Fakten zusammen:

„Gestern hat Jean Tanneur Schokolade gegessen. Die Schokolade war mit Arsen vergiftet, und Jean Tanneur ist daran gestorben. Die Schokolade (Schon beim Zuhören konnte einem ganz schlecht werden!) hatte Frédéric Tanneur, der Vater des Opfers, mitgebracht. Die Zeugenaussagen der Nachbarn weisen Vater Tanneur als schlechten Vater, schlechten Ehegatten und schlechten Nachbarn aus. Er führt ein ausschweifendes Leben, verkehrt in anrüchigen Lokalen. Obwohl er nicht schlecht verdient, lebt seine Familie in relativ ärmlichen Verhältnissen..."

Thomas Jannet warf ein, daß der Lohn eines Taxifahrers nicht grade berauschend sei, und bat seinen Mandanten, die Einkommensverhältnisse offenzulegen. Die genannte Summe löste eine hitzige Diskussion zwischen Anwalt und Inspektor aus. Man hätte meinen können, man befände sich auf einer Gewerkschaftsversammlung, bei der die Frage der Löhne Tagesordnungspunkt Nr. 1 war. Schließlich warf Faroux dem Anwalt Demagogie vor, und dieser konterte mit der Bemerkung, er habe keinerlei Ambitionen auf einen Sitz in der Nationalversammlung. Er wolle lediglich Bedenken gegenüber voreiligen und absoluten Urteilen aus der Nachbarschaft anmelden.

Frédéric Tanneur schaute verständnislos von einem zum andern. Endlich fuhr Faroux fort:

„Wir beschuldigen Frédéric Tanneur des Mordes an seinem Sohn. Er leugnet, Pralinen gekauft zu haben. Er leugnet gleichfalls, sie seinem Sohn gegeben zu haben. Möglicherweise hat er in seinem betrunkenen Zustand tatsächlich den verbrecherischen Plan vergessen. Aber immerhin hat Madame Tanneur die vergifteten Pralinen in der Tasche ihres Mannes gefunden. Nach eigenen Aussagen verabscheut Monsieur Tanneur Süßigkeiten. Jedenfalls hat sein Sohn diese... Schokolade gegessen und...“

„Ich wiederhole, daß ich in meinem Leben noch nie so'n Zeug gekauft habe“, unterbrach Tanneur ihn heftig. „Ich wiederhole, daß ich nie die Absicht hatte, meinen Sohn umzubringen. Ich bin unschuldig! Falls meine Frau die Pralinen tatsächlich bei mir gefunden hat, dann wiederhole ich noch einmal: Ich weiß nicht, wie sie in meine Tasche gelangt sind.“

„Wirklich nicht?“ fragte Faroux.

„Ich habe nur eine Erklärung dafür...“

„Ich auch.“

„Eine einzige! Ich bin das Opfer irgendeines Komplotts. Jemand hat meine Trunkenheit ausgenutzt, um mir diese Pralinen in die Tasche zu stecken.“

„Meine Erklärung hat den Vorteil, daß sie wahrscheinlicher ist als Ihre“, bemerkte der Inspektor trocken.

Ich mußte zugeben, mir gefiel diese Ausrede aus Verzweiflung ebensowenig.

„Mein Gott“, murmelte der Taxifahrer und stützte seinen Kopf in beide Hände. „Furchtbar, wenn man sich an nichts mehr erinnern kann! Was habe ich gestern nur gemacht? Wenn ich doch genau sagen könnte, wie ich den Tag verbracht habe! Dann würde man den Schuldigen vielleicht finden...“

„Sie können eins tun“, meldete sich Jannet, der seltsam stumm zugehört hatte, zu Wort. „Schreiben Sie die Namen der Bistros auf, in denen Sie normalerweise verkehren. Ich werde dann dort nachfragen.“

„Das ist ’ne Idee! Also, da wäre zuerst...“

„Nicht jetzt“, bremste ihn Jannet. „Später, bei mir zu Hause, wenn wir erst mal hier raus sind.“

Es wurde an die Tür geklopft. Faroux rief „Herein!“ Ein Mann in einem weißen Kittel folgte der Aufforderung. Über seinem Arm hing eine Hose.

„Sollten die Laboruntersuchungen meinen Verdacht bestätigen, dann fürchte ich, daß Tanneur Ihre Einladung nicht annehmen kann, Jannet!“ lachte der Inspektor.

Der Mann mit dem Solitär begnügte sich mit einem Lächeln. Florimond Faroux nahm die Hose und den Laborbericht entgegen. Nachdem er das Geschriebene überflogen hatte, fragte er den Taxifahrer feierlich:

„Frédéric Tanneur, erkennen Sie diese Hose als die Ihre wieder?“

„Ja.“

„Danke. Diese Hose ist in Ihrer Wohnung gefunden worden. In der rechten Tasche befanden sich laut Laborbericht Reste einer braunen Masse, Reste von Scho-ko-lade! Die Untersuchung hat darin Spuren von Arsensäure nachgewiesen. Das scheint mir Beweis genug dafür, daß Sie mit Arsen vergiftete Pralinen bei sich hatten, an denen Ihr Sohn gestorben ist. Ich sehe noch kein Motiv für Ihre Tat, aber das werden die weiteren Ermittlungen ergeben. Leider werden Sie die Bildergalerie von Maître Jannet nicht bewundern können. Frédéric Tanneur, Sie sind verhaftet!“

„Scheiße! Verdammtes Pack!“ brüllte der Taxifahrer. Zum

ersten Mal während des Verhörs wurde er ausfällig. Die roten Äderchen in seinem Gesicht verfärbten sich violett. „Ich bin unschuldig."

„Diese Verhaftung ist ein Witz", sagte Jannet ganz ruhig. „Das werden Sie früher oder später einsehen, Faroux. Ihr Pech! Es ist nicht meine Aufgabe, Ihnen die Augen zu öffnen oder Ihren Verstand zu schärfen. Und Sie, Tanneur, machen Sie sich keine Sorgen! Der Inspektor kann sich noch so sehr ins Zeug legen, er wird nicht verhindern können, daß Sie mit mir das Haus verlassen. Übrigens, Inspektor, wer ist der zuständige Untersuchungsrichter?"

„Dubois."

„Dann bis gleich... Warten Sie hier, Tanneur!"

„Er wird direkt in den Knast wandern", versprach Faroux.

Der Anwalt zuckte die Achseln, zwinkerte mir zu und verließ den Raum. Sofort ließ Faroux den Taxifahrer von zwei Uniformierten abführen. Dann verschwand er selbst eine Weile. Als er zurückkam, machte er ein Gesicht, mit dem man unerträgliche Kinder hätte in Schach halten können.

„Nun... also... Also, nun", stammelte er, „was halten Sie von der Geschichte, Burma? Jannet hat's geschafft. Er durfte Tanneur mitnehmen. Was er auch auf der Stelle getan hat..."

Endlich fand er die Zeit, sich wieder den Schweiß von der Stirn zu wischen. Die mörderische Hitze machte ihm mehr zu schaffen als der Mord. Und mich machten seine traurigen Hundeaugen ganz weich.

„Wie denken Sie über dieses verdammte Durcheinander?" fragte er wieder.

„Der Fall ist doch so klar wie ein Gebirgsbach, oder etwa nicht?" fragte ich grinsend zurück.

Und jetzt mußte ich raus aus diesem Bau und an die frische Luft.

* * *

Es gibt Leute, die kneifen sich in den Arm, um sich davon zu überzeugen, daß sie nicht träumen. Gegen das Brückengeländer des Quai des Orfèvres gelehnt, genau gegenüber der berühmten Nr. 36, Pfeife im Mund, brauchte ich meinen Arm nicht zu mißhandeln. Es fehlte die *femme fatale*, die in meinen bescheidensten Träumen auftaucht. Und der fette Jannet konnte sie, trotz seines leicht zu feminierenden Namens, nicht ersetzen. Dennoch, traumhaft war es schon: Der berühmte Winkeladvokat verteidigte einen Taxifahrer mit einem Wochenlohn von ein paar hundert Francs! Das konnte sehr interessant werden. Ich sollte Frédéric Tanneurs Persönlichkeit mal genauer unter die Lupe nehmen. Vielleicht war er ja noch etwas anderes als unerträglich und arrogant, wie die Klatschmäuler von Saint-Ouen behaupteten. Würde eine Reise in seine Vergangenheit Aufschluß geben?

In diesem Augenblick kam das Objekt meiner Gedanken in Begleitung seines Verteidigers aus dem Polizeigebäude. Er sah nicht so aus, als wüßte er, wie ihm geschah. Nebenbei bemerkt, er kannte Thomas Jannet so gut wie ich einen indischen Maharadscha. Ich löste mich vom Brückengeländer und ging auf die beiden zu.

„Was wollen Sie denn noch?" fuhr Tanneur mich böse an.

Ich weiß nicht, wie ich seinem Faustschlag so schnell ausweichen konnte. Jedenfalls sprang ich zur Seite und versetzte dem Rasenden einen Fußtritt gegen das Schienbein. Er faßte sich an die getroffene Stelle, und ich nutzte das aus, um ihn mit einem Aufwärtshaken aufzurichten. Er taumelte zurück, fiel hin und lag fluchend auf dem Straßenpflaster. Ich ließ ihm keine Zeit, wieder auf die Beine zu kommen, stürzte mich auf ihn und bearbeitete ihn mit meinen Fäusten. Der dicke Jannet warf seine hundert Kilo in die Waagschale, um uns zu trennen.

„Ganz ruhig, Burma", sagte er mit einem drohenden Unterton in der Stimme. „Verprügeln Sie nicht meinen Mandanten!" Zu Tanneur gewandt, fügte er hinzu: „Und Sie spielen hier nicht den Affen! Hat Sie der Hafer gestochen oder was?"

Der Flic, der vor der Nr. 36 Wache schob, kam in nicht sehr sympathischer Haltung auf uns zu.

„Alles in Ordnung", rief Jannet ihm entgegen, halb freundlich, halb einschüchternd, wie es seine Art war. „Nur ein kleines Mißverständnis! Los, entschuldigen Sie sich, Tanneur!“

Der Angesprochene rieb sich Kinn und Nierengegend.

„Ich bin etwas nervös“, murmelte er. „Hab Sie die ganze Zeit zusammen mit diesem Inspektor gesehen, da können Sie sich vorstellen, wie sympathisch Sie mir sind... Entschuldigen Sie bitte.“

„Schon gut“, erwiderte ich. „Kann mich in Ihre Lage versetzen. Und daß Ihnen mein Gesicht nicht gefällt, verstehe ich gut. Um offen zu sein, mir geht's mit Ihrem genauso! Aber davon abgesehen, hab ich nichts gegen Sie. Halte Sie nicht mal für einen Mörder!“

Mein Boxgegner war etwas verblüfft von meiner Offenheit. Jannet faßte ihn am Arm.

„Kommen Sie, wir wollen hier keine großen Reden schwingen“, sagte er. „Morgen früh ist auch noch ein Tag. Wiedersehn, Burma!“

Sie ließen mich stehen und stiegen in den Wagen des Anwalts. Ich bückte mich, um meine Pfeife aufzuheben, die bei dem Schlagabtausch ebenfalls zu Boden gegangen war. Neben ihr sah ich etwas Rundes, Kleines, Glänzendes liegen. Es war ein Jeton für einen Automaten. Tanneur mußte ihn verloren haben. Was der so alles in seiner Tasche mit sich rumschleppte! Die Vorderseite des Jetons schmückte eine Schlange. Auf der Rückseite stand eine Zahl, eingerahmt von einer kreisförmigen Aufschrift: *Etablissements Eden*.

Ich betrat ein Café am Boulevard du Palais, um in meiner Agentur anzurufen. Roger Zavatter ging an den Apparat.

„Hallo“, grüßte ich ihn. „Haben Sie immer noch Durst? Ja? Dann möchte ich Sie zu einer Tour de Bistros einladen. Gehen Sie doch bitte in alle Cafés der Firma *Eden* und versuchen Sie, soviel wie möglich über einen gewissen Frédéric Tanneur in Erfahrung zu bringen. Er ist Taxifahrer bei der Zentrale. Wird vielleicht 'n Schlag ins Wasser, aber man...“

„... muß jeder Spur nachgehen, ich weiß. Haben Sie unterwegs Arbeit gefunden?“

„Ja. Und meine tausend Francs?“

„Die hab ich verwettet, keine halbe Stunde, nachdem sie Ihre Brieftasche verlassen hatten. Nr. 10, wie abgesprochen.“

„Prima.“

Ich verließ das Café, winkte ein Taxi ran und ließ mich nach Saint-Ouen fahren. Unterwegs mußte ich daran denken, daß der trotz seines Übergewichts elegante Thomas Jannet sich weniger gewählt ausdrückte als sein Mandant, der immerhin Edgar Allan Poe zitierte. So was gehört zu den lustigen Dingen des Lebens. Obwohl man sich manchmal fragt, ob sie wirklich zum Lachen sind.

* * *

Madame Tanneur hatte die Vierzig bereits überschritten. Ärmlich, jedoch anständig gekleidet, das Gesicht von Kummer und Tränen gezeichnet, war der Frau noch ihre frühere Schönheit anzusehen. Sie hatte irgend etwas an sich, das eine erstklassige Erziehung verriet. Florimond hatte sich zu unrecht lustig gemacht über ihre Beteuerung, sie habe schon mal bessere Zeiten gesehen. Diese Worte des Bedauerns entsprachen sicherlich der Wahrheit.

Ich tischte der Frau irgendein Märchen auf, um mir noch einmal den Tod ihres Sohnes schildern zu lassen. Ihre Aussage, die von Schluchzern und Seufzern begleitet wurde, wich in keinem Punkt von dem ab, was ich bereits gehört hatte.

„Ich habe nichts zu verbergen“, versicherte sie mir. „Genauso ist es gewesen.“

„Dann sind Sie also ganz sicher, daß Ihr Mann die Pralinen nicht Jean direkt gegeben hat?“ fragte ich noch einmal nach.

„Absolut! Außerdem war Frédéric...“

Sie verstummte, doch ich wußte, was sie sagen wollte: Ihr Mann hatte nie solch liebevolle Anwandlungen gehabt.

„Ich habe die zerdrückten Kugeln in seiner Hosentasche gefunden, als er schon im Bett lag und schnarchte“, fuhr die Frau fort. „Ich hab sie auf den Tisch gelegt, ohne zu ahnen...

Ich wußte doch nicht... Und mein armer Jeannot hat sie gegessen... Darüber... werd ich nie hinwegkommen..."

Wieder flossen ihre Tränen in Strömen. Ich begriff, daß aus ihr nichts mehr herauszuholen war. Eilig verabschiedete ich mich mit ein paar gemurmelten Worten des Mitgefühls. Dann setzte ich meine Beileidsbesuche fort und begab mich direkt zu den Béquets, den leidgeprüften Eltern des „Affengesichts".

Das Ehepaar war zu Hause in seiner hellen Wohnung in dem dunklen Gebäude gleich neben einer Fabrik. Ferdinand Béquet begrüßte mich erfreut, jedoch nicht überschwenglich. Der Tod seines Jungen bedrückte ihn. Ich sagte, ich hätte von ihrem Unglück gehört, worauf Madame Béquet sich in Tränen auflöste, ähnlich wie eben Madame Tanneur. Schluchzend erzählte sie ergreifende Geschichten von ihrem Louis, rührende Erinnerungen. Rührend für sie. Es half ihr über den Schmerz hinweg, sich die Gesten des Kindes, des niedlichen Babys, ins Gedächtnis zu rufen. Beiläufig kam ich auf Jacques Bressol zu sprechen.

„Louis arbeitete nur donnerstags und sonntags mit ihm zusammen", erklärte der Vater, „manchmal auch noch einen oder zwei weitere Tage pro Woche. Er besuchte nämlich regelmäßig die Schule. Verdiente nur etwas Geld hinzu, und es machte ihm Spaß. Wir sind nicht reich. Den Kleinen machte es stolz, uns ein wenig helfen zu können."

Ich erkundigte mich, ob Louis nicht zufällig irgend etwas gegessen habe, das ihm nicht bekommen sei. Vielleicht Schokolade oder Bonbons?

„Nicht, während wir mit ihm zusammenwaren", versicherte mir die Mutter. „Und was er hier im Haus gegessen hat, kann nicht schlecht gewesen sein... Ganz sicher nicht! O Gott! Dabei hat er seine Suppe mit so großem Appetit gegessen... und ein paar Stunden später war er tot!"

Und wieder nahmen die Tränen ihren Lauf. Auch wenn es mir schwerfiel, mußte ich auf die Todesursache zu sprechen kommen. „Herzversagen" habe der Arzt diagnostiziert.

„Wer hat den Totenschein ausgestellt?“ fragte ich.

„Dr. Philippe Blouvette-Targuy.“

„Können Sie mir seine Adresse geben?“

„125, Avenue Jean-Jaurès. Gleich hier in der Nähe. Aber...“ Ferdinand Béquet sah mich aus seinen traurigen, vom Weinen geröteten Augen an. „Warum wollen Sie das alles wissen? Sie sind Detektiv und... Warum fragen Sie das?“

Seine Stimme zitterte.

„Hören Sie“, erwiderte ich, „Sie wissen doch, daß ich Ihnen viel zu verdanken habe. Ihr Sohn ist an Herzversagen gestorben... oder an etwas anderem. Im allgemeinen bin ich nicht darauf aus, unseren Scharfrichtern Arbeit zu verschaffen. Papa Deibler ist auch nicht mehr der Jüngste. Aber falls Ihr Sohn an etwas anderem als an Herzversagen gestorben ist, dann wird dem Saukerl, der ihn auf dem Gewissen hat, die Rübe abgehackt. Das schwöre ich Ihnen!“

Monsieur Béquet wich entsetzt zurück, ganz bleich im Gesicht.

„Um Himmels willen... Sie glauben doch nicht...“

„Kann sein, kann auch nicht sein“, sagte ich.

Madame Béquet sagte nichts. Sie weinte leise vor sich hin.

Nach den üblichen Fragen über eventuelle Feinde ihres Sohnes, auf die ich keine brauchbare Antwort bekam, verabschiedete ich mich von dem Ehepaar. Die beiden waren völlig am Boden zerstört. Ermodet! Vergiftet! Doch, ich habe Talent, trauernde Hinterbliebene moralisch wieder aufzurichten!

* * *

Wenn man mich so sah und hörte, hätte man kaum vermutet, daß mich Gewissensnöte plagten. Dazu kann ich nur sagen: Der Schein trügt! Draußen auf der Straße sagte ich mir, daß ich vielleicht etwas weniger brutal hätte vorgehen können. Mit anderen Worten, ich bekam Gewissensbisse. Nicht sehr lange, doch genug, um mir den dritten Besuch, den ich mir in dieser Gegend vorgenommen hatte, aus dem Kopf zu schlagen. Außerdem hatte ich Hunger.

Ich flüchtete schnell aus diesem tristen Viertel, das durch die hereinbrechende Nacht nicht eben reizvoller wurde. An der Ecke zur Rue Flammarion wartete ein leeres Taxi auf mich. Ich stieg ein und fuhr zu meinem Stammlokal.

Als ich auf den Nachtisch wartete, trat Roger Zavatter an meinen Tisch.

„Ein Glas Rotwein?“ fragte ich ihn, nachdem er sich gesetzt hatte.

„Ein Vichy“, bestellte er mit schwerer Zunge.

Die Serviererin stellte ein Tellerchen mit einer Banane und eine Flasche Mineralwasser auf das etwas angegriffene Tischtuch. Während ich meinen Nachtisch schälte und aß, goß Zavatter Mineralwasser in sich hinein. Er sei in allen Bistros der Firma *Eden* gewesen, sagte er. Seine schwere Zunge sowie seine plötzliche Vorliebe für Vichy bewiesen mir, daß er die Wahrheit sagte. In keinem Bistro, fuhr er fort, habe man den Taxifahrer Fred Tanneur gekannt. Ich tröstete meinen Mitarbeiter und versicherte ihm, daß ich mit so etwas gerechnet hätte. Zavatter war völlig geschafft. Er verabschiedete sich und ging schlafen.

Kurz darauf wurde ich ans Telefon gerufen. Reboul erstattete mir Bericht.

„Galzat ist etwa fünfundzwanzig“, sagte er, „groß, braungebrannt, distinguiert, draufgängerisch. Wohnt in der Rue Bergère, im *Bijou-Hôtel.* Mir scheint, er hat sich etwas übernommen mit dem Vorsatz, die ungeklärten Kriminalfälle der letzten drei Monate zu lösen. Macht den Eindruck, daß er mächtig ins Schwimmen geraten ist und seinem Ruhm um einiges hinterherhinkt.“

„Vorsicht! Der Junge operiert vielleicht im verborgenen.“

„Keine Angst, ich halte meine Augen weit offen!“

„Mit welchem Typ Frau ist er im Moment zusammen?“

„Im Moment mit keinem. Sie können sich vorstellen, daß mich das besonders interessiert hat...“

„Versuchen Sie herauszufinden, welchen Frauentyp er bevorzugt. Eventuell könnte man eine Eva auf ihn ansetzen!"

„Prima Idee."

Wir redeten noch über dies und das und legten dann auf. Ich beglich die Rechnung und verließ das Lokal.

Ein Glück, daß René Galzat im Augenblick unbeweibt war! Zu den überzeugten Frauenhassern gehörte er doch wohl hoffentlich nicht. Ich würde ihm schon eine barmherzige Schwester vorbeischicken, ob er sie nun blond oder braun mochte, rothaarig oder albinoweiß, tätowiert oder kurzsichtig. Zufrieden mit meinem Einfall, beschloß ich, ihn dementsprechend zu feiern: Ich ging ins Kino.

Vor dem Hauptfilm gab es als Attraktion die Rhythmusgruppe *Tango-Tanguy*. Die Bedeutung des Namens sowie der Darbietung blieben mir leider verborgen. Dafür erinnerte mich die Bezeichnung der Gruppe an den Besuch, den ich noch in Saint-Ouen zu absolvieren hatte: bei dem Arzt mit dem ebenso eleganten wie langen Namen. Philippe Blouvette-Targuy! Wie konnte man nur so heißen? Doch eben weil der Name so kompliziert war, hatte ich ihn sofort behalten ... und er kam mir bekannt vor! Wo hatte ich ihn schon einmal gehört? Aber vielleicht erinnerte mich Targuy auch nur an den Stamm der Tuaregs.

4
Die tödliche Tüte

Möglich, daß ich von Antinea träumte – so was soll vorkommen! –, aber als ich am nächsten Morgen aufwachte, dachte ich an jemand ganz anderen als an Neptuns Enkelin. Wenn ich inzwischen eine Möglichkeit sah, mit dem rührigen Journalisten (»draufgängerisch« nannte ihn Reboul) fertigzuwerden, so traf das auf Frédéric Tanneur ganz und gar nicht zu. Der Taxifahrer interessierte mich nämlich fast genausosehr wie Antinea. Und das will was heißen! Durch seinen Fall würde es mir vielleicht gelingen, René Galzat in seine Schranken zu verweisen und meinen Ruf als Geheimniskiller wiederherzustellen. Ich hatte auch schon eine Idee...

Ich nahm den Telefonhörer und wählte die Nummer von Antrigol. Trotz des Namens handelte es sich bei ihm nicht um ein Wunderheilmittel. Er war einerseits Immobilienmakler und andererseits Hersteller von Fußmatten. Einerseits zum Geldverdienen, andererseits fürs Finanzamt. Im Moment betätigte er sich als Immobilienmakler.

Bereitwillig weihte er mich in die Geheimnisse seiner Branche ein. Jaja, es könne sein, daß eine Bistrokette eine ihrer Zweigstellen samt Automaten verkaufe. Doch, das sei schon vorgekommen. Ob die *Eden*-Kette in letzter Zeit solch ein Geschäft getätigt habe? Er wolle mal nachsehen, antwortete mein Informant und legte den Hörer auf den Tisch.

Als Artrigol nachgesehen hatte, kam er wieder an den Apparat. Nein, in letzter Zeit habe *Eden* kein Bistro verkauft. Die letzte Transaktion habe schon vor einiger Zeit stattgefunden. Er kenne persönlich ein Lokal in Montmartre, die *Lucius*

Bar in der Rue de Douai, in der zwei Automaten Spielmarken mit der Aufschrift *Eden* schlucken würden.

Rue de Douai in Montmartre? Ich weiß nicht warum, aber zu dem Viertel fühlte ich mich sofort hingezogen.

* * *

Das Bistro war menschenleer. Im Hintergrund saß ein einzelner Gast, las den *Paris-Midi* und kaute auf einem Sandwich, das so dick war wie ein Ziegelstein. Zwei oder drei weitere Gestalten bewegten sich lautlos im Halbdunkel. An der Theke saß eine übernächtigte Hure vor einem leeren Glas und säuberte sich die Zähne. Ihr gegenüber stand ein unausgeschlafener Kellner, dessen Kinnladen unaufhörlich zitterten. Wahrscheinlich kam das von der Anstrengung, sich nicht die Seele aus dem Leib zu gähnen.

Am Ende der Theke waren drei Spielautomaten aufgestellt: zwei *Jack Pot* und ein *Bussoz*. Ich setzte mich auf einen Hokker und bestellte mir erst mal eine *Grüne Hexe*.

Der *Paris-Midi*-Leser hob den Kopf, als er meine Stimme hörte. Er war ein hagerer Mann mittleren Alters in einem abgetragenen Tweedanzug. Dagegen sahen seine gelben Schuhe und sein Hut wie neu aus. Wie frisch aus dem Geschäft. Zwei goldene Ringe glänzten an seinem rechten Ringfinger.

Er erkannte mich, stand auf und kam kauend näher, das Sandwich – ein riesiges Steak zwischen zwei Weißbrotscheiben – in der Hand. Der Mann wurde „der Fuchs" genannt. Auch meine übergroße Liebe zum Pittoresken konnte ihn mir nicht sympathischer machen. Wenn man sich um seine Existenzsicherung Sorgen machte, antwortete er: „Tja, 's geht so" und verschwand. Ein Polizeispitzel, mehr oder weniger.

„Ach nee, Nestor Burma!" rief er. „So'n Zufall aber auch."

Er war sozusagen von Berufs wegen neugierig. Ich gab ihm die erstbeste Erklärung für meine Anwesenheit in diesem Lokal. Dann wandte ich mich an den Barkeeper, der nur langsam seine Schläfrigkeit abschütteln konnte.

„Sie kennen nicht zufällig einen Fahrer von der Taxizentrale namens Frédéric Tanneur?“ fragte ich ihn.

Der Fuchs ließ den Kellner nicht zu Wort kommen. Er prustete laut los, wobei er einen Teil seines Sandwichs auf die Theke spuckte.

„Was hat ein Schlawiner wie Sie mit Fred zu tun?“ lachte er, nachdem er sich wieder beruhigt hatte. „Kommen Sie, wir setzen uns. Ich lad Sie ein. Arthur, zwei Pernod!“

„Wenn Sie gestatten“, sagte ich, „hätte ich gerne eine *Grüne Hexe*.“

„Dann einen Pernod und eine *Hexe*“, korrigierte der Berufsschnüffler seine Bestellung.

Am Tisch musterte er mich, dann fragte er:

„Na, was hat denn der liebe Fred ausgefressen?“

Er war schon leicht beschwipst. Seine neugierigen Äuglein glänzten.

„Sagen Sie“, begann ich, ohne auf seine Frage einzugehen, „Sie sind doch offensichtlich Stammkunde in diesem Lokal. Waren Sie vorgestern auch hier?“

„Ich bin immer hier.“

„Und haben Sie vorgestern Tanneur gesehen?“

„Ja.“

„Und…“

Der Fuchs winkte ab.

„Ende der Durchsage! Kein Wort mehr!“

Er rief zur Theke hinüber:

„Dasselbe noch mal! Und noch ein Steak… Hab seit zwei Wochen nicht mehr vernünftig gegessen“, glaubte er erklären zu müssen. „Aber heute… Na ja, jetzt kann ich alles nachholen!“

„Um auf Tanneur zurückzukommen“, nahm ich unbeirrt den Gesprächsfaden wieder auf, „ich wollte Ihnen…“

„… ein paar Fragen stellen, ich weiß.“

Er lachte auf. Offensichtlich genoß er es, Nestor Burma auflaufen zu lassen. Das machte ihn unvorsichtig…

„Bedaure, aber Sie kommen zu spät. Hab die Exklusivrechte schon anderweitig verkauft. Deswegen kann ich mich heute so richtig vollaufen lassen. Sehn Sie mal!"

Er holte seine Brieftasche heraus und zeigte mir mehrere Fünfhunderter. Ich tat so, als nähme ich's von der heiteren Seite.

„Schade", sagte ich bedauernd, „da kann ich nicht mithalten."

Der Fuchs biß in das neue Steak-Sandwich.

„Nein, können Sie nicht", gelang es ihm mit vollem Mund hervorzubringen. „Auch ein Dynamit-Burma hat nicht die Mittel, mir die Zunge zu lösen."

Er lachte glucksend. Ich dachte daran, daß ich schon öfter verscheißert worden war, aber noch nie ungestraft; daß jemand anderes die Mittel besaß und daß ich mich an Thomas Jannet rächen wollte. Ich verabschiedete mich von dem kleinen Dreckskerl und verließ die *Lucius Bar.*

Von einem anderen Café aus telefonierte ich und beobachtete dann aus einiger Entfernung den Eingang der *Lucius Bar.*

Gegen elf kam der Fuchs heraus. Er wollte gerade einem Taxi winken, als jemand seinen erhobenen Arm ergriff.

„Kommen Sie mit", sagte der Mann.

„Aber..."

Wie ein Bündel schmutziger Wäsche wurde der Fuchs auf den Rücksitz eines Wagens geworfen. Wir setzten uns rechts und links neben ihn.

„Zur Nr. 36", wies Inspektor Faroux den Fahrer des Dienstwagens an.

* * *

„Hör gut zu", begann Faroux und ließ sich auf seinen Schreibtischstuhl fallen. „Ich habe keine Zeit für Kindereien, außerdem bin ich heute morgen mit dem linken Fuß aufgestanden. Wenn du nicht spurst, laß ich dich einsperren, kapiert?"

Die Fahrt zum Kriminalkommissariat hatte den Fuchs

ordentlich durchgeschüttelt. Und jetzt diese energische Eröffnung, das warf ihn völlig aus dem Sattel.

„O. k.“, murmelte er nur.

„Gut. Du wirst mir jetzt alles sagen, was du über diesen Tanneur weißt. Jaja, jemand – ich kann mir auch schon vorstellen, wer! – hat die Exklusivrechte für deine Informationen gekauft, wie du es nennst. Dann laß dir gesagt sein: Die Rechte liegen jetzt bei mir! Du bist hier bei der Kripo, verstanden!“

„Ja.“

„Also, dann antworte gefälligst! Sonst kannst du dir mit Jannets Geld das Leben in der *Santé* versüßen.“

Faroux drehte sich eine Zigarette und zündete sie an. Der Fuchs ließ sich nicht lange bitten. Frei von der angegriffenen Leber weg, ja, man konnte sagen, mit der verräterischen Ungezwungenheit des geübten Plauderers spuckte er seine Informationen aus. Die Reserviertheit, die er einem bescheidenen Privatdetektiv gegenüber an den Vormittag gelegt hatte, war verflogen.

„Vorgestern hab ich Fred Tanneur in der *Lucius Bar* getroffen“, legte er los. „Ich kenne ihn nur flüchtig, er ist nicht sehr kontaktfreudig. Hab ihn öfter in verschiedenen Bars gesehen, meistens mehr oder weniger volltrunken.“

„Hast du vorgestern mit ihm geredet?“

„Ja, Inspektor. Wir saßen 'ne ganze Weile zusammen...“

„Sie brauchen uns nicht damit zu langweilen“, fiel ich ihm ins Wort, „daß er Ihnen von seiner Tante erzählt hat, die Dienstmädchen bei der Miss Venus 1927 war.“

„Genau“, stimmte Faroux zu. „Schweif nicht ab! Ich will vor allem wissen, was du Thomas Jannet erzählt hast. Das ist doch der Kerl mit den Exklusivrechten, oder?“

„Ja.“

„Das hat der Herr dort herausgefunden“, sagte Faroux und zeigte auf mich.

Der Fuchs blitzte mich böse an, dann gab er zu:

„Ja, ich habe den Anwalt gestern abend getroffen. Fred war

bei ihm. Hat sich lebhaft für die Geschichte mit der Tüte interessiert..."

„Für die Geschichte mit der Tüte?"

„Ja, 'ne Papiertüte."

„Aus einem Süßwarengeschäft?" fragte ich.

„Los, Mann", drängte Faroux, „mach voran!"

„Na ja, also... Im Moment bin ich arbeitslos... und ziemlich blank. Deswegen hab ich mich um eine Stelle als Fahrer bemüht... Ich kann sehr gut mit Autos umgehen, müssen Sie wissen."

Mein Freund Florimond pfiff leise vor sich hin, um ruhig zu bleiben.

„... Ich frag also Tanneur, ob er nicht was für mich wüßte. Er sagt mir, ich soll in der Zentrale nachfragen. Da muß ich natürlich lachen, weil... Sehen Sie, in dem Betrieb kann man nur anfangen, wenn man 'ne reine Weste hat. Ich meine, keine Vorstrafen oder so. Außerdem gibt's Wartelisten, weil die Hälfte der Fahrer in Paris Arbeit suchen... Also, wenn ich davon in der nächsten Woche leben sollte... Besser, ich kauf mir 'n engeren Gürtel. Nun, Tanneur behauptet also, es gäb 'ne freie Stelle: seine!"

„Was?"

„Ich wiederhole nur, was er mir gesagt hat. Er würde den Job sausenlassen, dann gäb's eben 'ne freie Stelle in der Zentrale. Aber das löscht noch lange nicht meine Strafregister, hihi... Darauf sagt Tanneur, ich sollte mal mit einem reden, den er kennt, der würde das schon hinkriegen. Um mir Namen und Adresse des Bekannten aufzuschreiben, brauchte ich Papier. Ich hatte keins bei mir, Tanneur auch nicht und der Kellner sowieso nicht. Möchte wissen, wo Lucius seine Kellner herhat, aber freundlich sind die! Tanneur holt also eine Tüte aus seiner Jacke und leert den Inhalt direkt in seine Hosentasche. So besoffen, wie der war..."

„Was war in der Tüte?"

„Das erraten Sie nie", freute sich der Fuchs. „Pralinen! Tanneur hat mir sogar eine angeboten, aber ich wollte nicht."

„Warum nicht?"

„Nicht genug Alkohol drin!"

„Ach! ... Tanneur hat dann die wichtige Adresse auf diese Papiertüte geschrieben?"

„Ja."

„Hast du die Tüte noch?"

„Äh ... nein."

„Hast du das Jannet auch gesagt?"

„Ja."

„Und er hat dich sicher gebeten, mit niemandem darüber zu sprechen, und hat sich dein Schweigen erkauft?"

„Ja."

„Hat er dir nicht vielleicht auch die Tüte abgekauft?" fragte ich.

Der Fuchs musterte mich drei Sekunden lang und überlegte sich dabei wohl, ob er mir antworten oder irgendeine Unverschämtheit an den Kopf werfen sollte. Er entschied sich für eine Lüge.

„Nein ... Ich habe Ihnen doch gesagt ..."

„Jaja, schon gut ... Sie haben Jannet gesagt, was Sie dem Inspektor gesagt haben: daß Sie die Tüte nicht mehr besitzen. In Wirklichkeit haben Sie die Tüte aber noch besessen, und Sie besitzen Sie jetzt immer noch! Sie haben nämlich sofort gemerkt, daß irgend etwas an der Sache faul war. Mit der Tüte haben Sie vor, Jannet zu erpressen, nicht wahr? Geben Sie schon her!"

„Was?"

„Die Tüte!"

„Aber ..."

„Keine Zicken!" knurrte Faroux. „Du wolltest mich anlügen, was? Ich werd dich von einem ehemaligen Preisboxer durchsuchen lassen, und wenn der bei dir nichts findet, gehen wir zu dir nach Hause!"

Er drückte auf einen Knopf. Ein Kerl wie'n Kleiderschrank kam herein. Seufzend griff der Fuchs nach seiner Brieftasche.

„Hier", sagte. „Sie verbauen mir meine letzte Einnahmequelle!"

„Schon gut, Grégoire“, sagte Faroux zu dem Kleiderschrank. „Ich brauche Sie doch nicht.“

Der angekündigte Preisboxer verdrückte sich wieder. Inspektor Faroux strich die Papiertüte glatt. In zittriger Handschrift waren einige Wörter darauf gekritzelt, aber ein aufgedruckter Firmenname war nicht zu sehen. Faroux sah sich das Stück Papier ohne sichtbare Gemütsbewegung an.

„Und bist du zu Tanneurs Bekannten gegangen?“ fragte er.

„Nein“, antwortete der Fuchs etwas verlegen. „Am selben Abend habe ich... äh... habe ich zweihundert Francs gefunden.“

„Na schön. Danke für die Informationen. Du kannst gehen.“

Mit einem gehässigen Blick auf mich verließ der Fuchs das Büro.

„Leider steht die Adresse des Bonbonladens nicht auf der Tüte“, sagte mein Freund enttäuscht, als wir wieder alleine waren. „Trotzdem wissen wir jetzt zweifelsfrei, daß Tanneur Schokolade bei sich hatte. Daran hab ich übrigens nie gezweifelt...“

„Und daß er seinen Job hinschmeißen wollte, das wissen wir jetzt auch“, fügte ich hinzu.

„Ja, stimmt... Finden Sie das nicht auch seltsam? Werd mir den Kerl noch mal vorknöpfen.“

Wieder drückte er auf den Knopf, und wieder erschien Grégoire im Türrahmen.

„Bringt mir diesen Tanneur her! Hab ihn zuerst von Oskar beschatten lassen, dann von Petit. Der Mann ist nicht zu Hause gewesen, Thomas Jannet sorgt für ihn wie eine Mutter. Hier, die Adresse des Anwalts.“

„Sagen Sie mal, Faroux“, fragte ich meinen Freund, „müssen Ihre Leute Ihnen nicht Bericht erstatten, wenn Sie jemanden überwachen lassen?“

„Natürlich! Sie rufen von Zeit zu Zeit an...“

„Und was steht in den Berichten?“

„Weiß ich nicht. Wenn was Besonderes passiert, werde ich unterrichtet.“

„Und man hat Sie nicht unterrichtet?"
„Nein. Folglich ist alles in Ordnung."
„Im Gegenteil!" widersprach ich. „Los, nehmen Sie Ihren Hut vom Haken und begleiten Sie mich in Jannets Wohnung! Könnte gut sein, daß unser Vogel ausgeflogen ist."
„Wieso?"
„Sie sind heute wirklich schwer von Begriff, Florimond! Noch mal: Wenn Ihre Männer was Außergewöhnliches bemerkt hätten, hätten sie es Ihnen mitgeteilt. Richtig?"
„Richtig."
„Haben sie aber nicht, oder? Mitgeteilt, meine ich."
„Nein, haben sie nicht."
„Dann ist also nichts passiert. Gar nichts! Tanneur und Jannet sind in die Wohnung des Dicken gegangen. Wenn sie wieder rausgekommen wären, wüßten Sie das. Richtig?"
„Natürlich."
„Und jetzt sagen Sie mir: Wann hat der Fuchs den Anwalt und dessen Mandanten in der *Lucius Bar* getroffen?"
„Verdammt! Gestern abend!"
„Eben! Und das Schweigen im Blätterwald der Beschattungsberichte bedeutet, daß die beiden das Haus nicht verlassen haben. Haben sie aber, sonst hätte der Fuchs sie ja nicht treffen können! Wenn das aber möglich ist, ohne daß Ihre Schlafmützen was merken, dann ist es ebensogut möglich, daß Tanneur das Weite sucht, wenn ihm danach ist..."
Fluchend sprang der Inspektor auf, riß seinen schokoladenbraunen Hut vom Haken und stülpte ihn mehr schlecht als recht auf seinen Kopf. Aber recht oder schlecht – der Hut bot sowieso keinen ästhetischen Anblick. Vielleicht sollte ich ihn auch mal vergiften... schon alleine wegen der Farbe! Der Hut stand meinem Freund wie aufregende Dessous einem alten Klepper beim Stierkampf.
„Kommen Sie, Burma, kommen Sie!" rief Faroux mir zu. Dann schrie er wütend: „Himmeldonnerwetter! Die können was erleben, diese gottverdammten Penner! Auch wenn Tanneur nicht abgehauen sein sollte! Kommen Sie, Grégoire!"

Im Schweinsgalopp rannten wir die Treppe des Polizeigebäudes Quai des Orfèvres Nr. 36 hinunter.

5
Bekannte Gesichter

Thomas Jannet mußte seinen Butler nach einem brillanten und erfolgreichen Plädoyer in einem Rauschgiftprozeß geschenkt bekommen haben. Ein kleines gelbes Männchen mit Schlitzaugen im aufgeschwemmten Gesicht öffnete uns die Tür. Mit seinem geheimnisvoll-verschlagenen Blick hätte er wunderbar in eine Arbeit über Asiaphobie gepaßt, Titel: Schurkereien des Orients.

Der Butler führte uns direkt zum Hausherrn, der ganz alleine seine Mahlzeit einnahm. Florimond Faroux ging ohne Umschweife zum Angriff über.

„Ich möchte von Ihnen wissen", begann er im Kasernenton, „wo Sie die Nacht verbracht haben, Jannet!"

„Langsam, langsam", erwiderte Maître Jannet zuckersüß, „auf eine so grob formulierte Frage könnte ich nur genauso grob antworten, Inspektor. Andererseits weiß ich nicht, was die Kripo mein Nachtleben angeht. Aber... Ich will mal nicht so sein und Ihnen, höflich, wie ich bin, antworten: In meinem Bett hab ich die Nacht verbracht."

„Genug der schönen Worte! Wir befinden uns hier nicht in einer Gerichtsverhandlung. Kann das jemand bezeugen?"

„Daß wir uns nicht in einer Gerichtsverhandlung befinden?"

„Reden Sie keinen Quatsch! Daß Sie die Nacht in Ihrem Bett verbracht haben, natürlich!"

„Ich muß mich doch sehr wundern", säuselte der Anwalt. „Ihre Art, ein Verhör zu führen... Aber ich bin von Natur aus geduldig. Fragen Sie meinen Butler."

„Verhören Sie den Chinesen", befahl Faroux Grégoire, der

daraufhin das Zimmer verließ. Dann fragte der Inspektor den Dicken: „Kennen Sie den Fuchs?"

Jannet strich sich gelassen Konfitüre mit einem Löffel aufs Brot.

„Wenn ich alleine mit Ihnen wäre, Inspektor, wäre ich nicht so ruhig. Sie sehen aus wie von allen guten Geistern verlassen. Gott sei Dank ist Nestor Burma hier, und er ist kein richtiger Flic."

„Sie haben nicht auf meine Frage geantwortet", beharrte Faroux. „Kennen Sie den Fuchs?"

„Nein, ich hatte nicht die Ehre. Wer ist das?"

„Der Mann, den Sie gestern abend bei Lucius getroffen haben. Falls Sie nicht wissen, wer Lucius ist: Er hat ein Bistro in der Rue de Douai."

„Oh, vielen Dank! Aber Ihr Fuchs muß sich irren ... Fragen Sie doch Ihren Kollegen."

Grégoire war soeben wieder ins Zimmer gekommen. Fragend reckte Florimond Faroux ihm seine Schnurrbarthaare entgegen.

„Der Butler behauptet, Monsieur hätte das Haus gestern abend nicht verlassen", berichtete Grégoire.

„Ich glaube kein Wort von dem, was der Chinese sagt", brummte Faroux. „Völlig wertlos, die Aussage! Oder schläft er mit Ihnen zusammen in einem Bett?"

Jannet seufzte.

„Auf solche Unverschämtheiten antworte ich nicht. Zufälligerweise war ich gestern abend unpäßlich ..."

„Unpäßlich", wiederholte Faroux. „Soso!"

„Ja, unpäßlich. Chang hat mir zweimal Tee ans Bett gebracht. Ich nehme an, er hat Ihnen das auch gesagt, Monsieur ... Grégoire?"

„Hat er", bestätigte der Kleiderschrank. „Der Butler hat das gleiche ausgesagt wie Monsieur."

„Na prima!" rief der Anwalt. „Ich glaube, damit wäre der Fall erledigt."

„Ganz im Gegenteil!" ereiferte sich Faroux. „Ich würde

Ihrem Mandanten Tanneur gerne ein paar Fragen stellen. Komisch, daß er nicht mit Ihnen zusammen frühstückt. Sollten Sie so wenig demokratisch sein, oder... sollte er gar nicht mehr hier im Hause sein, Ihr Schützling? Sie wissen doch, er muß sich zu unserer Verfügung halten."

„Hoffentlich weiß er das auch", entgegnete Jannet. „Ja, Inspektor, Sie irren sich nicht: Monsieur Tanneur ist nicht hier."

Dem Inspektor platzte der Kragen.

„Wollen Sie mich auf den Arm nehmen?" schrie er. „Haben Sie ihm gestern nicht Ihre Gastfreundschaft angeboten?"

„Hab ich, hab ich. Ich dachte, es wäre unzumutbar für den armen Teufel, nach Hause zu gehen und sich den Verdächtigungen seiner Nachbarn auszusetzen. Nun, er hat sich dafür entschieden, an seinen heimischen Herd zurückzukehren. Sicher ist er dort, Chang könnte..."

„Lassen Sie mich mit Ihrem verdammten Chinesen in Ruhe! Vor dem Haus steht einer meiner Männer, und er hat keinen Fred Tanneur herauskommen sehen."

Jannet zuckte die Achseln.

„Ich habe nicht über die berufliche Eignung einiger Pariser Polizisten zu befinden", sagte er. „Tatsache ist: Mein Mandant hat dieses Haus gestern abend verlassen. Er ist nicht hier. Und um dieses Gespräch, das so gar nicht zu meinem Frühstück paßt, endlich zu beenden, möchte ich Ihnen mitteilen, daß es nicht meine Pflicht ist, die Polizei über die jeweiligen Aufenthaltsorte meiner Mandanten auf dem laufenden zu halten."

„Dann muß ich leider den Eindruck gewinnen, daß Sie mich verarschen wollen", folgerte Faroux.

„Das dürfte auch das einzige sein, was Sie hier gewonnen haben", konterte der Anwalt ungerührt.

Inspektor Faroux tat einen raschen Schritt auf den Mann mit dem Solitär zu und legte ihm eine Hand auf die mächtige Schulter.

„Sicher kann man das Haus auch auf anderem Wege als

durch die Eingangstür verlassen. Schade, daß ich keinen Durchsuchungsbefehl mitgebracht habe."

Jannet schüttelte mit einer schroffen Bewegung die Hand des Inspektors ab. Der Kneifer auf seiner Nase blitzte.

„Den hätten Sie auch wohl kaum bekommen", sagte er verächtlich.

„Ich warne Sie, Jannet! Wenn ich beweisen kann, daß Sie die polizeilichen Ermittlungen behindern..."

„Die polizeilichen Ermittlungen?" Der Dicke lachte amüsiert. „Wofür halten Sie mich? Tun sie gefälligst Ihre Arbeit und spielen Sie nicht den Don Quijote! Auf Wiedersehen, Faroux... *Salut*, Burma." Er musterte mich kurz und eindringlich. „Möchte wissen, welche Rolle Sie bei diesem Kasperletheater spielen... Immer am Rockzipfel des Inspektors! Hätte Ihnen mehr zugetraut... Na ja", schloß er achselzuckend, „einen guten Tag, allerseits. Und nicht traurig sein, Inspektorchen! Tanneur wird sich schon finden lassen."

Chang, der Butler, brachte uns zur Tür. Auf seinem ausgesprochen ausdruckslosen Gesicht lag ein verschlagenes Lächeln. Ein Orientale aus dem Bilderbuch!

Florimond tobte. Ich ließ ihn toben und ging in ein Restaurant, dessen Serviererinnen ehemalige Schönheitsköniginnen waren. Nachdem ich mir den Magen mit Sauerkraut verdorben hatte, fuhr ich im Taxi zu Philippe Blouvette-Targuy. Sein lustiger Name geisterte schon den ganzen Vormittag in meinem Kopf herum. Ob es bei dem Medizinmann etwas zu lachen gab, mußte sich allerdings erst noch herausstellen.

* * *

Die Avenue Jean-Jaurès, mitten in einem Fabrikviertel gelegen, sah genauso dreckig aus wie alle Straßen in dieser Gegend. Die hohen Schornsteine verteilten ihren Dreck gleichmäßig auf die Nachbarschaft.

Die Nr. 125 gab sich die größte Mühe, relativ sauber zu bleiben. Wie eine Villa im Exil wirkte das zweistöckige Haus zwischen den Wohnblöcken der Arbeiter.

Die regelmäßigen neuen Außenanstriche mußten den Besitzer ein Vermögen kosten. Doch es traf keinen Armen, nach der Luxuslimousine zu urteilen, die vor der Tür stand.

Ich wollte schon läuten, als ich einen wohlbekannten Pfiff hörte. Ich drehte mich um und erblickte Reboul, der ein paar Schritte weiter Wache schob. Ich ging auf ihn zu.

„Wissen Sie's schon?" fragte er mich.

„Was denn?"

„René Galzat ist gerade da reingegangen."

„Wirklich? Ja, muß mir denn der Kerl immer und überall zwischen den Beinen rumrennen? Gehört der Schlitten ihm?"

„Nein, er ist mit dem Taxi gekommen. Der Wagen stand schon vorher vor der Tür."

„Was kann der verdammte Journalist hier wollen?" murmelte ich.

„Keine Ahnung."

Reboul berichtete mir von den Ergebnissen seiner Beschattung. Im Grunde gab es jedoch nichts zu berichten. Ich trug ihm auf, die Augen offenzuhalten, ging zurück zur Nr. 125 und läutete an der Haustür. Ein reizendes Dienstmädchen öffnete und bat mich in einen klinisch sauberen Raum. Ein junger Mann saß in einem der Sessel und schlug die Zeit tot, indem er in medizinischen Fachzeitschriften blätterte. Eine elegante Erscheinung, braungebrannt und hellgekleidet. Aus der Brusttasche seines Jacketts schaute eine Batterie Füllfederhalter und Bleistifte heraus. Ich sprach ihn an.

„Sie sind René Galzat, nicht wahr?" sagte ich ihm auf den Kopf zu.

Verblüfft lächelte er mich an.

„Ja, stimmt. Woher wissen Sie das? Ich habe Sie noch nie gesehen."

Er zeigte mir eine hübsche, weiße Zahnreihe.

„Nein, gesehen haben Sie mich noch nie", entgegnete ich, „aber gehört haben Sie ganz bestimmt schon von mir... von dem Mann, der das Geheimnis k. o. schlägt. Der einzige, der echte Dynamit-Burma!"

„Na so was! Nestor Burma, der berühmte Detektiv! Sehr erfreut."

Er stand auf und streckte mir seine Hand entgegen.

„Ihr Jahrgang ist wohl von Geburt ziemlich frech, was?" sagte ich. „Sie können Ihre Hand wieder wegstecken, und kommen Sie mir nicht mit der Bewunderungstour! Zuerst machen Sie mich lächerlich, und dann... ‚Sehr erfreut'! Nein, nein, mein Freund!"

Galzat wurde rot. Verlegen senkte er den Blick. Mit bebender Stimme setzte er zu einer Verteidigungsrede an. Entschuldigte sich beinahe, den falschen Baron entlarvt zu haben. Es sei wirklich nur Zufall gewesen, ein glücklicher Zufall. Doch er fragte sich inzwischen, ob man ihn wirklich als „glücklich" bezeichnen könne. Jetzt erwarte man von ihm wahre Wunder. Seine Zeitung schlachte seinen Erfolg natürlich aus. Und was den geklauten Slogan angehe, dafür trage ganz allein die Chefredaktion des *Crépu* die Verantwortung. Er, René Galzat, sei dagegen gewesen und finde das unfair. (Ich, Nestor Burma, wiederum fand den Ausdruck „unfair" für einen Journalisten recht sonderbar!) Doch er habe sich fügen müssen. („Das tägliche Steak, Sie verstehen!") Und jetzt müsse er im Auftrag seiner Zeitung die neuen Fälle in Angriff nehmen: den Mord an dem russischen Taxifahrer, den Diebstahl der Perlenkette der Engländerin und die Entführung des Börsenmaklers. Also wirklich, hätten die Leute sich nicht woanders als in Frankreich umbringen, berauben oder entführen lassen können?! Der Journalist gestand mir, daß er sich am liebsten mit einer ungefährlichen Krankheit ins Bett legen würde. Mit irgend etwas, das ihn für ein paar Monate außer Gefecht setzen und außer Reichweite seines Chefs bringen würde...

„Und das wollen Sie sich jetzt hier bescheinigen lassen?" fragte ich.

„Wo denken Sie hin!" Resigniert hob er die Schultern. „Wenn mich mein Chef auf etwas ansetzt, muß ich recherchieren, ob ich will oder nicht... Nein, ich bin wegen dem Mord an dem Russen hier."

„Ach! Ist der Arzt in die Sache verwickelt?"

Galzat lachte amüsiert auf.

„Nein. Er ist ein Freund meines Vaters, deshalb wende ich mich an ihn. Ich brauche nämlich Informationen über eine ganz bestimmte Art von Verletzung. Mir ist da so eine Idee gekommen..."

Er teilte mir seine Idee spontan mit, um zu beweisen, wie fern ihm der Gedanke lag, mich aus dem Rennen zu werfen. Na ja, seine Idee war eher etwas vage. Ich hatte den Eindruck, daß Reboul recht hatte: Der Journalist schwamm tatsächlich... oder er tat nur so.

Wir waren bereits Freunde geworden – na ja, beinahe jedenfalls –, als aus einem Nebenraum laute Stimmen zu uns drangen. Also, wenn Dr. Blouvette-Targuy alle seine Patienten so abkanzelte...

„Wie oft soll ich Ihnen das noch sagen?" hörte man die ärgerliche Stimme eines Mannes. „Ich lege keinen Wert mehr auf Ihren Umgang! Haben Sie verstanden?"

„Das ist bestialisch", jammerte eine Frau. „Oh, Phil..."

„Ich bitte dich jetzt zu gehen", sagte eine andere Frau.

„Das muß am Haus liegen", bemerkte ich. „Ich hab Sie eben genauso angeschnauzt."

Der Streit, dessen unfreiwillige Ohrenzeugen wir geworden waren, wurde plötzlich durch heftiges Türenschlagen beendet.

Einen Augenblick später kam der Arzt zu uns. Wie sein außergewöhnlicher Name kam mir auch sein Gesicht irgendwie bekannt vor. Vielleicht hatte ich den Mann mal im Kino gesehen, als jugendlichen Liebhaber. Denn auch wenn er schon weit über vierzig war, so mußte man ihn dennoch als bildhübsch bezeichnen. Seine dunklen, leuchtenden Augen besaßen eine enorme Ausdruckskraft. Dadurch kam seine vornehme Blässe nur um so mehr zur Geltung. Ich hatte den Eindruck, daß der Arzt soeben heftig erregt gewesen war.

Nach der Szene, deren Ende wir miterleben durften, war das auch nicht schwer zu erraten.

„Guten Tag, René", begrüßte er den Journalist und drückte ihm die Hand. „Wie geht's dir?" Er wandte sich mir zu und streckte auch mir die Hand entgegen, ein nicht mehr ganz so strahlendes Lächeln auf den Lippen. „Und Sie, Monsieur Burma? Arbeiten Sie beide zusammen? Nach dem, was die Zeitungen schreiben, sind Sie doch eher Rivalen!"

Woher kannte er mich? Ich war sprachlos.

„Sie wissen nicht, wo Sie mich hinstecken sollen?" lachte er. „Für einen bekannten Detektiv... Ich habe vor einigen Jahren mal Ihre Dienste in Anspruch genommen."

„Aber natürlich!" rief ich. „Jetzt erinnere ich mich."

Leider erinnerte ich mich an gar nichts.

„Nun, was verschafft mir die Ehre?"

„Monsieur war vor mir hier", sagte ich und wies auf Galzat.

Doch dieser war wohlerzogen. Aber ich bitte Sie, nach Ihnen etc. Wir verloren fünf Minuten mit überflüssigen Höflichkeitsfloskeln. Ich bestand darauf, die Reihenfolge einzuhalten. Er gab schließlich nach, bestand jedoch seinerseits darauf, „aus Fairneß", wie er betonte, daß ich der Unterhaltung mit dem Freund seines Vaters beiwohne. Wir gingen also zu dritt hinüber ins Sprechzimmer. Dort brachte René Galzat sein Anliegen vor. Dr. Blouvette-Targuy gab ihm fachkompetente Auskunft. Sollte das meinen... Konkurrenten im Fall des ermordeten Russen weiterbringen?

Als der Journalist sich verabschieden wollte, sagte ich: „Bleiben Sie, bitte! Es freut mich, daß Sie keine Geheimnisse vor mir haben. Ich nämlich habe auch keine vor Ihnen. Und hinterher können wir unsere Fälle miteinander diskutieren und uns... na ja, nicht grade zusammentun, aber immerhin doch... äh... gegenseitig beraten."

Leider hing kein Spiegel im Sprechzimmer. Ich hätte mich zu gerne bei meiner Freundschaftswerbung beobachtet. Schade für mich, aber auch für Galzat! Denn der war auch nicht schlecht in seiner Rolle...

„Oh, Monsieur Burma“, seufzte er wie ein verliebtes Schulmädchen, „wenn Sie diese Geheimnisse für mich k.o. schlagen könnten... Mit dem größten Vergnügen würde ich Ihnen den Ruhm überlassen!“

Eine Traumrolle, meisterhaft gespielt!

„Darüber reden wir später noch“, lachte ich. „Jetzt möchte ich Ihnen, Doktor, erklären, was mich zu Ihnen führt. Es geht um die Arsengeschichte.“

„Ar... Arsengeschichte?“ stotterte der schöne Medizinmann. „Was für eine Arsengeschichte?“

Er sah mich völlig perplex an.

„Ich meine den Tod des kleinen Béquet vor vier Tagen“, erklärte ich. „Sind Sie sich Ihrer Diagnose sicher? Ist der Junge an Herzversagen gestorben?“

„Würden Sie sich etwas klarer ausdrücken?“

Sein Ton war jetzt ziemlich schroff. Ich fand zwar, daß ich mich bereits klar genug ausgedrückt hatte, lieferte ihm aber die nötigen Einzelheiten. Ich sprach von dem Drei-Tage-Abstand der Todesfälle Béquet und Tanneur, beides Mitglieder in Bressols Bande, und davon, daß der zweite unzweifelhaft vergiftet worden war. Ich wolle mich nur noch einmal bei ihm vergewissern, daß der erste ebenso unzweifelhaft eines natürlichen Todes gestorben sei, fügte ich hinzu. Dr. Blouvette-Targuy war ganz Ohr, dann vertiefte er sich in seinen Papierkram. Seine Antwort war mit Fachausdrücken gespickt. Ja, Louis Béquet sei an akutem Herzversagen gestorben.

„Es besteht nicht der geringste Zweifel“, schloß der Arzt.

„Ich wollte nur ganz sicher sein“, sagte ich.

„Es besteht nicht der geringste Zweifel an der Todesursache des Jungen“, wiederholte er noch einmal.

Ich stand auf, um mich zu verabschieden. Mir schien, als atme der Arzt erleichtert auf. Doch ich mußte mich täuschen: Er bat mich, mit ihm in Kontakt zu bleiben. Er würde sich glücklich schätzen, mich einmal, wenn es mir meine Zeit erlaube, zum Abendessen einladen zu dürfen. Diese Einladung paßte wie die Faust aufs Auge! Ich beeilte mich, dasselbe von mir zu behaupten (mich glücklich zu schätzen, meine ich), und dann verließen René Galzat und ich gemeinsam das überraschend gastliche Haus.

„Wohin gehen Sie?“ fragte ich.

„Zum *Crépu*.“

„Ich auch, ich möchte meinen Freund Marc Covet besuchen.“

Wir gingen zu Fuß bis zur Porte Montmartre. Dort nahmen wir ein Taxi. Unsere charmante Unterhaltung plätscherte vor sich hin. Als hätten wir kein Wässerchen trüben können! Im Zeitungsgebäude trennten wir uns schweren Herzens. Galzat ging in sein Büro, ich in die erste Etage, wo ich Reboul in angeregtem Gespräch mit einem der Hausmeister antraf. Sah aus, als wären sie die dicksten Freunde. Ich eiste meinen Mitarbeiter los.

„Halten Sie bloß die Augen offen“, raunte ich ihm zu. „Das ist ein ganz Schlauer, dieser Galzat! Hat mir gesagt, er habe die Schnauze voll von der Dynamit-Masche. Ich bin dabei, das zu überprüfen. Hab ihn wissen lassen, daß ich einem geheimnisvollen Fall von Vergiftung auf der Spur bin. Kann sein, daß er sich durch die Fälle, die er sich aufgehalst hat, überfordert fühlt und zum Mord an Jean Tanneur überwechselt. Wenn er was in dieser Richtung unternimmt, weiß ich, was ich von seiner Fairneß zu halten habe. Also, bleiben Sie ihm hart auf den Fersen!“

„Leicht gesagt“, stöhnte Reboul.

„Ja, stimmt. Gibt's sonst was Neues?“

„Nein, nichts. Nur, daß ich inzwischen seinen Geschmack *in puncto* Frauen kenne. Er mag Filmtypen, zwischen fünfundzwanzig und dreißig, groß, kastanienbraune Haare. Das Übliche!“

„Na so was, da haben wir ja denselben Geschmack! Dann wollen wir ihn mal nicht zu lange auf dem trockenen sitzen lassen und ihm die Frau seiner Träume zuschustern.“

Reboul sah mich schräg von der Seite an.

„Sie mögen auch Frauen mit kastanienbraunen Haaren?"
„Ich mag nur Frauen mit kastanienbraunen Haaren!"
„Aber die letzte, mit der ich Sie gesehen habe, war schwarzhaarig."
„Macht nichts!" lachte ich. „Für mich waren ihre Haare braun."
„Verstehe! Egal, welche Haarfarbe, Hauptsache kastanienbraun..."
Mit diesen Worten ließ mich Reboul stehen und ging wieder zu dem Hausmeister, um ihm noch ein paar Würmer aus der Nase zu ziehen. Ich begab mich zu Marc Covet. Der trinkfreudige Journalist saß in seinem Büro und malte einem Foto der unglücklichen Mae West einen Bart und eine Brille an.
„Bravo!" rief ich.
„*Salut*, Burma", begrüßte er mich.
Er hielt sein Kunstwerk hoch und begutachtete es, wobei er ein Auge zukniff.
„Das ist genauso gut wie das, was Théron fabriziert", urteilte er.
Julien Théron war Maler und ein gemeinsamer Freund von uns.
„Heute abend wird doch seine Ausstellung eröffnet, nicht wahr? Setzen Sie Ihr Werk in den *Crépu* und schreiben Sie seinen Namen darunter. Das würde Ihren Artikel etwas beleben..."
„Ach ja, stimmt!" rief Covet. „Da muß ich ja auch noch hin. Dabei weiß ich vor lauter Arbeit sowieso schon nicht mehr, ob ich Männlein oder Weiblein bin."
„Liegt das nur an der Arbeit?... Ich hab auch 'ne Einladung gekriegt."
„Schickt Julien jetzt auch schon Einladungen an Privatflics?"
„Er hat ganz Paris eingeladen. Nur keinen einzigen Kunstkritiker! Bei seiner letzten Ausstellung hielt ein ehemaliger Boxer die Eröffnungsansprache."
„Ja, 'n verrückter Vogel, unser Théron! Übrigens, Galzat

hat er auch eingeladen. Und der Junge ist für Malerei so qualifiziert wie... wie..."

„Wie Sie?"

„Ganz genau!"

„Was halten Sie denn sonst so von Ihrem Kollegen?"

Covet hielt herzlich wenig von seinem Kollegen. Er versicherte mir, daß Galzat sich persönlich für das Tauziehen um den begehrten Titel „Der Mann, der das Geheimnis k.o. schlägt" stark gemacht habe. Der Chefredaktion sei das ziemlich egal gewesen, obgleich sie sofort zugestimmt habe. René Galzat legte also Wert darauf, sich mit mir anzulegen! Interessant... So ein Waisenknabe, der er zu sein vorgab, war er nicht!

„Der Junge geht mir gewaltig auf die Nerven", sagte ich. „Mit Ihrer Hilfe, Covet, könnte ich ihm die Tour vermasseln. Sie kennen doch Thomas Jannet, oder? Winkeladvokat und Freund von Paoli, dem Korsen, Chef des Korsen-Clans von Montmartre. Dieser Jannet hat sich gestern bereit erklärt, einen finanzschwachen Taxifahrer zu verteidigen, der des Mordes an seinem eigenen Sohn verdächtigt wird. Gäbe das nicht einen hübschen Artikel unter der Rubrik ‚Die Gute Tat' her?"

„Sicher, aber..."

„Schreiben Sie irgendwas darüber zusammen. Der Stil braucht gar nicht mal der von Galzat zu sein. Es reicht, wenn sein Name darunter steht. Geben Sie es in die Setzerei und lassen Sie sich einen Abzug geben. Und den geben Sie dann am besten mir. Wir müssen nicht unbedingt Spuren hinterlassen!"

„Hört sich nicht sehr sauber an, Ihre Idee", bemerkte Covet seufzend.

„Ist sie auch nicht", lachte ich. „Schließlich soll Galzat sich schwarz ärgern!"

Nach kurzem Zögern erklärte sich mein Freund bereit, mir zu helfen. Er spannte ein Blatt Papier in seine Maschine und machte sich an die Arbeit.

„Vergessen Sie nicht", fügte ich noch hinzu, „mit dem Fall des Taxifahrers bin ich im Augenblick beschäftigt. Sie werden natürlich der erste sein, der..."

„Will ich auch hoffen!" knurrte Covet.

„Jetzt lasse ich Sie mit Ihrer Inspiration alleine und geh etwas spazieren."

Aus einer Telefonzelle rief ich zwei Agenturen an, die mir die gewünschten Sirenen für Galzat besorgen sollten. Doch um diese Zeit waren solche Arbeitsvermittlungsbüros bereits geschlossen. Ich gab's auf und wählte die Nummer meiner eigenen Agentur. Hélène meldete sich.

„Hallo, ich bin's! Sagen Sie, kennen Sie Dr. Blouvette-Targuy?"

„Ach, wissen Sie", antwortete meine Sekretärin, „ich gehe so selten in den Zirkus..."

„Das ist kein Clown, sondern ein Mann wie du und ich, wenn ich das mal so sagen darf. Muß mal ein Klient von uns gewesen sein. Wühlen Sie doch bitte ein wenig in unserem Archiv!"

Ich mußte den Künstlernamen buchstabieren. Am anderen Ende der Leitung hörte ich nur ein Glucksen.

6
Die Wunde am Daumen

Beim Nachbarn von Thomas Jannet schlug die Standuhr viermal, als ich ebensooft beim Anwalt läutete. Der chinesische Butler öffnete die Tür. Er erkannte mich wieder – das sah ich an einem kurzen Aufleuchten in seinem Blick –, führte mich aber dennoch ohne weiteres zu seinem Chef. Bisher hatte mich dieser nicht kaltgestellt; trotzdem wartete ich nicht darauf, daß Chang mich anmeldete, und betrat vor ihm das Büro.

Jannet lümmelte sich in einem Sessel. Über ihm hingen ein riesiges Foto irgendeines ehemaligen Polizeipräfekten und andere, etwas bescheidenere Porträts von bärtigen Abgeordneten. So konnte ich mir ein ungefähres Bild von der Länge des Armes machen, den der Mann mit dem Solitär besaß.

Neben ihm stand, Zigarette im Mund, ein offensichtlich verlegener Frédéric Tanneur. Sah so aus, als hätte er sich soeben verabschieden wollen.

„Was platzen Sie hier einfach so rein wie 'ne Bombe?" fuhr mich Jannet an. „Solche Überfälle mag ich ganz und gar nicht, Monsieur Burma!"

„Entschuldigen Sie", erwiderte ich lächelnd, „aber vor allem mögen Sie es nicht, daß ich Sie beim Gespräch mit Ihrem Mandanten überrasche. Ist es nicht so? Wahrscheinlich haben Sie Angst, daß ich Sie bei Faroux verpfeife. Da kennen Sie mich aber schlecht, Maître!"

„Der verlorene Sohn ist zurückgekehrt, jawohl."

„Faroux wird sich freuen... falls Sie ihm das freudige Ereignis mitteilen. Über meine Lippen wird nämlich, wie gesagt, kein Sterbenswörtchen kommen. Schließlich bin ich kein Flic, sondern Privatdetektiv. Was nicht heißen soll, daß mein Besuch privater Natur ist..."

„Hm", brummte Jannet nur.

Tanneur setzte sich wieder. Mir fiel auf, daß er ein wenig hinkte, und seinen linken Daumen schmückte ein frischer Verband.

„Also, was verschafft mir die... Ehre Ihres außerprivaten Besuchs?" fragte der Anwalt.

„Kennen Sie René Galzat?" fragte ich zurück.

„René Galzat?" Er tat so, als überlege er, wobei er seinen Diamanten blankpolierte und mich unverwandt ansah. „Kommt mir bekannt vor, der Name. Ist das nicht 'n Kollege von Ihnen?"

„Was verstehen Sie unter ‚Kollege'? Einer der Licht in dunkle Kriminalfälle bringt, ohne zur *Tour Pointue* zu gehören?"

„Ich meine damit einen Schnüffler, der sich um Dinge kümmert, die ihn nichts angehen."

„Dann ist Galzat ganz und gar kein Kollege von mir. Mit Ihrer Charakterisierung haben Sie aber recht. Der Journalist ist genau das, was ich nicht bin. Im Augenblick jedenfalls versucht er, mich lächerlich zu machen und sich von Volkes Stimme als der Mann feiern zu lassen, der Geheimnisse reihenweise k. o. schlägt. Hört sich lustig an, ist es aber nicht. Ich werde es nicht zulassen, daß der junge Mann mir ins Gehege kommt. Wo er auch auftaucht, ich werde vor ihm dasein. Ich bin bereit, mich mit jedem seiner Feinde zu verbünden."

Ich hatte mich richtig in Rage geredet. Jannet brach in schallendes Gelächter aus.

„Wütend sehen Sie besonders hübsch aus", stellte er fest. „Man könnte meinen, Sie wollten den Kerl fressen! Sollte ich mal Kinder haben, leih ich Sie als Knecht Ruprecht aus! Gut gebrüllt, Löwe, aber warum brüllen Sie ausgerechnet hier rum? Was glauben Sie, wie egal mir Ihr Galzat ist?"

Ich holte meine Pfeife hervor und begann sie zu stopfen, ganz wie jemand, der sich beruhigen will.

„Hab mich hinreißen lassen", murmelte ich nach einer Weile. „Ich wollte mich nicht an Ihrer Brust ausweinen... Hier, das hab ich Ihnen mitgebracht."

Ich reichte ihm den Abzug des Artikels, den Marc Covet geschrieben und mit R. G. unterzeichnet hatte.

„Das wird der *Crépuscule* wohl in seiner Abendausgabe bringen", fügte ich hinzu.

Thomas Jannet überflog das Geschriebene. Sein Gesicht wechselte fünf- oder sechsmal die Farbe, wurde abwechselnd rot und blaß, dann violett.

„Der Artikel wird nicht erscheinen", knurrte er.

Er wuchtete seinen massigen Körper aus dem Sessel und wollte zum Telefon greifen. Ich kam ihm zuvor.

„Der Artikel wird nicht erscheinen", wiederholte ich wie ein Echo. „Ich hab schon das Nötige veranlaßt."

„Sie..."

„Ja, ich. Wie gesagt, ich werde dem Kerl Knüppel zwischen die Beine schmeißen, wo ich nur kann."

Jannet ließ sich in seinen Sessel zurückplumpsen und polierte wieder seinen Diamanten an dem Revers seines Jacketts.

„Ich verstehe Sie nicht, Burma", sagte er schließlich. „Erst platzen Sie mit Faroux hier rein und stören mich beim Frühstück, und dann ersparen Sie mir 'ne Menge Ärger, indem Sie diesen Schmierfink daran hindern, seinen Artikel zu veröffentlichen. Ihr Verhalten ist, gelinde ausgedrückt, widersprüchlich."

„Spielen wir nicht die Unschuldslämmer, Jannet. Spielen wir lieber mit offenen Karten, das spart Zeit. Zuerst zu Galzat. Ich will ihn nicht fressen, sondern hab ihn bereits gefressen..."

„Jaja", unterbrach mich der Dicke, „das Lied kennen wir jetzt."

„Gut. Ich habe verhindert, daß er Ihnen schadet. Nicht wegen Ihrer schönen Augen, das können Sie mir glauben. Übrigens hab ich nur rein zufällig von seinem Geschmiere erfahren."

„Und Sie sind sicher, daß der Artikel nicht erscheint?"

„Absolut sicher! Kein Grund zur Aufregung, die Sache ist erledigt. Sie können sie getrost vergessen. Und Galzat vergessen Sie besser ebenfalls, der gehört mir. Aber… eine Hand wäscht die andere, so heißt es doch, oder? Sollte ich also eines Tages Ihre Hilfe benötigen, um diesen Gernegroß endgültig fertigzumachen…"

„Stets zu Diensten", sagte Jannet mit einer angedeuteten Verbeugung. „Obwohl…"

„… Sie nicht so recht wissen, wie Sie mir helfen könnten? Macht nichts, uns wird zur gegebenen Zeit schon was einfallen… Und nun zu Faroux… Florimond… Florimond Faroux…"

„Was ist, Burma? Ladehemmung?" witzelte Jannet.

„Das kommt von Galzats plötzlicher Berühmtheit… Ich habe von dem rätselhaften Tod eines Jungen gehört, und da ich sonst nichts zu tun habe, interessiere ich mich dafür. Faroux ist mit dem Fall beschäftigt, deshalb sind wir hier zusammen aufgetaucht. Sie können mir glauben, daß er mir das Leben nicht leichtmacht! Und deswegen habe ich keinerlei Grund, auf ihn Rücksicht zu nehmen!"

„Mein Gott, Burma, Sie sind ja mit halb Paris über Kreuz!" lachte Jannet.

„In dieser Woche werde ich nicht grade vom Glück verfolgt", gab ich zu. „Außerdem bin ich von Natur aus leicht erregbar. Und Sie?"

„Ich?"

„Wurmt es Sie nicht ein wenig, daß Faroux Ihnen heute morgen das Frühstück versaut hat?"

„Nicht übermäßig. Hab schon Schlimmeres erlebt. Aber wo Sie schon mal hier sind… Können Sie mir vielleicht verraten, was er mit seiner Fragerei erreichen wollte?"

„Halten Sie mich für blöd?" rief ich empört. „Sie wissen doch genausogut wie ich, was er wollte. Was Sie aber nicht wissen, will ich Ihnen gerne verraten: Er ist über alles im Bilde! Zum Beispiel hat ihm ein kleiner Scheißer – der Fuchs,

Sie wissen schon! – etwas über eine Papiertüte erzählt. Und er hat ihm auch erzählt, daß er Sie gestern abend bei Lucius getroffen hat."

„Sieh mal einer an!" murmelte der Anwalt. „Womit hab ich eigentlich Ihr Vertrauen verdient?"

Ich ging nicht auf seine Frage ein, sondern betrachtete demonstrativ das Bild des ehemaligen Polizeiprafekten.

„Sagen Sie mal", begann ich nach einer kleinen Pause, „die gebührenpflichtigen Verwarnungen wegen überhöhter Geschwindigkeit, falschem Parken oder ähnlichem Kleinkram: Wie oft muß sich der Inspektor Ihrer Meinung nach mit so was befassen?"

„Überhaupt nicht."

„Und Sie?"

Der Anwalt lachte belustigt.

„Sozusagen gar nicht. Das läuft von alleine."

„Sie haben doch wohl die Parabel verstanden, oder etwa nicht? Heute morgen haben Sie mir zu verstehen gegeben, daß es nicht grade pfiffig von mir ist, ständig an Faroux' Rockzipfel zu hängen..."

„Kann man wohl sagen."

„Trotzdem bin ich pfiffig genug, um zu erkennen, wo meine Interessen liegen..."

„Mit anderen Worten", fiel Jannet mir ins Wort, „der gute Faroux..."

„... weiß alles, ja."

„Unwichtig", sagte der Anwalt und machte eine abfällige Handbewegung.

Er war sich seiner ziemlich sicher.

„Sie müssen zugeben, daß das Ihrer Sache schadet", sagte ich, zu Tanneur gewandt.

Der Taxifahrer hatte die ganze Zeit über keinen Ton von sich gegeben.

„Warum?" fragte er.

„Weil Inspektor Faroux von Ihrer Schuld überzeugt ist. Aber trösten Sie sich, ich teile seine Meinung nicht."

Thomas Jannet lachte hämisch.

„Sieh an, der Menschenfreund!“ gluckste er. „Nestor Burma bietet sich an, Ihre Unschuld zu beweisen, Tanneur!“

„Warum nicht?“ gab ich zurück.

„Und warum sollten Sie? Leider kommen Sie etwas spät, Burma! Privatdetektive – ob sie nun Geheimnisse k. o. schlagen oder nicht – sind auch nicht mehr das, was sie mal waren!“

„Ich kann dem Inspektor alles erklären“, ereiferte sich Frédéric Tanneur. „Wenn ich an dem Tag nur nicht so blau gewesen wäre, wäre nichts passiert.“

„Ich hoffe, in Zukunft werden Sie sich vor Alkohol in acht nehmen“, sagte Jannet schulmeisterhaft. „Nehmen Sie sich an mir ein Beispiel: Mineralwasser!“

Der Winkeladvokat spielte sich doch tatsächlich als Moralapostel auf! Das alleine lohnte schon den Besuch.

„Oh, mit dem Alkohol ist es vorbei!“ rief Tanneur mit einer Aufrichtigkeit, die ihm noch nicht so recht zu Gesicht stand. „Hab's dem Großen Manitu versprochen!“

„Dann brauchen Sie meine Hilfe ja nicht mehr“, stellte ich enttäuscht fest.

Jannet musterte mich eindringlich. Ich setzte mein wütendes Gesicht auf. Ganz der zornige junge Mann, dem alles danebengeht und der sich mit aller Welt überworfen hat, so daß er nur noch rot sieht. Redegewandt hielt der Anwalt einen langen Vortrag. Als sie, er und sein Mandant, von der Sache mit der Papiertüte gehört hätten, habe sich Tanneur den Kopf darüber zerbrochen, wie und wann dieses verdammte Ding in seine Tasche gelangt sein könnte. Plötzlich, vor ein paar Minuten, grade bevor ich reingeschneit sei, sei ihm, Tanneur, ein Licht aufgegangen: Er habe die Bonbontüte im Taxi gefunden, nach der letzten Fahrt. Ja, ja, er erinnere sich jetzt ganz genau...

„... Und es gibt sogar Zeugen, die das bestätigen können“, tönte der Mann mit dem Solitär. „Ich rede nicht von dem Fuchs. Dem hab ich dreitausend Francs gegeben, damit er den Mund hält. Weil ich nämlich zuerst gedacht hatte, das Indiz könnte gefährlich werden. Jetzt würde ich dem Kerl fünftausend geben, damit er ihn aufmacht, um die Geschichte mit der Tüte zu bezeugen! Oh, jetzt hab ich zugegeben, daß ich den Mann bestochen habe... Sie werden doch Faroux nichts davon erzählen, hm?"

„Mir scheint, Sie legen es ganz im Gegenteil darauf an, daß ich dem Inspektor genauestens Bericht erstatte", erwiderte ich. „Ich will Sie gar nicht von meinem Pflichtbewußtsein als Bürger überzeugen... Aber was die Bestechung angeht: Faroux weiß bereits bestens Bescheid."

„Ein schlauer Kopf, der Inspektor", bemerkte Jannet schmunzelnd. „Aus dem kann noch was werden."

Wir verabschiedeten uns als relativ dicke Freunde. Vor dem Haus stand einer von Florimonds Männern Wache. Mit einem Schild um den Hals, das seinen Beruf verraten hätte, hätte er nicht auffälliger ausgesehen.

* * *

Ich dachte darüber nach, daß Tanneur einen ganzen Tag gebraucht hatte, um das Märchen mit der Bonbontüte zu erfinden. Sie hatten sich wirklich Zeit gelassen! Das sprach nicht grade für die – im allgemeinen blühende – Phantasie von Maître Jannet. Ach ja, richtig! Er hatte noch die nötigen Zeugen auftreiben müssen, um der Glaubwürdigkeit seines Mandanten nachzuhelfen.

So langsam wurde mir auch die Beziehung zwischen dem Mann mit dem Solitär und Frédéric Tanneur klar.

7
Ermittlungen in Levallois

Die Sonne brannte auf den weitläufigen Innenhof, dessen Pflaster hier und da Ölflecken aufwies. Mitten auf dem sonst leeren Hof schlief ein mächtiger Hund und schnappte im Traum nach Fliegen. Im hinteren Teil befanden sich dunkle Schuppen. Sie standen offen, so daß man die Rampen und Hebebühnen sehen konnte. Auf der rechten Seite des Hofes stand das dreistöckige Bürogebäude der Taxizentrale. Der winzige Glaskasten neben dem Eingang wirkte lächerlich angesichts des kraftstrotzenden Kerls, der darin saß wie ein Bär auf dem Jahrmarkt in seinem Käfig.

Ich näherte mich der Pförtnerloge.

„Guten Tag", grüßte ich. „Na, alles klar? Hören Sie, ich bin 'n Freund von Fred Tanneur. Er hat was vergessen, und ich soll einen seiner Kollegen fragen, ob... Also, der Kollege heißt... äh... Ah, verdammt, jetzt hab ich den Namen vergessen! Nein, für so was taug ich einfach nicht, mein Namensgedächtnis ist wie 'n Sieb..."

Der Kerl in dem Glaskasten ließ mich ausstottern. Schließlich sagte er, ich solle mir keine Mühe geben, den Journalisten sehe man mir schon von weitem an, und ich solle nicht so das Gesicht verziehen, davon werde er seekrank. Im übrigen wisse er nicht, welche Art von Informationen ich brauche, aber ich hätte Schwein, er sei so ziemlich der einzige Pförtner, der nichts gegen Reporter habe. Das sei nämlich so...

„... Einer meiner Nachbarn hat mal seine Frau in Stücke gehackt, und danach hat 'n Kollege von Ihnen 'n ganzen Artikel über mich veröffentlicht, einfach so, über mich, nur weil ich in dem kriminalen Haus gewohnt hab! Und was soll ich

Ihnen sagen, der Artikel – ist übrigens im *Petit Parisien* erschienen – also der Artikel hat mächtig Eindruck auf 'n Weib gemacht ..."

Der langen Rede kurzer Sinn: Er forderte mich auf, frisch von der Leber weg zu reden. Ich nahm das Angebot ohne Zögern an. Das mit der frischen Leber sei meine ganz besondere Spezialität, damit sei ich sozusagen verheiratet, um nicht zu sagen, wir seien überhaupt ein und dasselbe (ich meinte immer noch die frische Leber), und mir falle, um im Bild zu bleiben, ein Stein vom Herzen, denn ich wisse wohl, wie jämmerlich meine Versuche, Lügen aufzutischen, immer endeten.

Er bemerkte nur, daß er immer geglaubt habe, die Leute von der Zeitung wären geschickter beim Lügenauftischen.

Ich zeigte so viele Zähne wie möglich, um ihm zu zeigen, wie sehr ich seinen Humor schätzte.

„Sie sind 'n Pfundskerl!" erklärte ich frisch von der Leber weg. „Noch so'n Spruch, und ich komm mit meiner *Kodak* wieder und bringe Ihr Foto auf die erste Seite!"

Er wurde rot und wollte wissen, für welches „Käseblatt" ich arbeitete.

„Für den *Crépuscule*", sagte ich, so als verriete ich ihm ein Staatsgeheimnis.

Der Tanzbär war außer sich vor Freude. Als ich ihm dann noch meinen Namen nannte – René Galzat –, hätte er beinahe die Augen verdreht und wäre in Ohnmacht gefallen.

„René ... Galzat?" stammelte er. „Der, der ... der ... Nestor Burma bald k. o. schlägt?"

„Genau der!" bestätigte ich lachend.

„Also, wirklich ... nee!"

Ich gab ihm ein paar Sekunden Zeit, um sich wieder einzukriegen, und tischte ihm dann ein paar Lügen auf, um mir zu beweisen, daß ich das noch nicht verlernt hatte, und um ihm die Gründe für mein Interesse an Tanneur zu liefern. Dafür erhielt ich von ihm den Namen eines Kollegen des Taxifahrers: Pradines, ein Wagenwäscher, den ich im Schuppen C finden würde.

Im Schuppen C wurde ich von einem halben Dutzend Gummihammer-schwingender Männer in blauen Overalls empfangen. Da alle übers ganze Gesicht lachten, sah ich in ihrer Geste nichts Bedrohliches. Vielleicht kamen sie aus einem fernen Land, in dem es Brauch war, Besucher auf diese Weise Willkommen zu heißen. Der Arbeiter allerdings, der mich ansprach, hatte einen lupenreinen Pariser Vorstadtakzent.

„Na, habense gesehn? Wir spielen grade ‚Schlagt die Dikken tot!'"

„Meinen Sie den Tanzbären im Glaskasten?" fragte ich.

Sie brüllten vor Lachen. Nein, versicherte mir einer, nachdem sie sich wieder beruhigt hatten, sie sprächen von Ratten, so dick wie Kaninchen. Die Viecher würden in den Büros der Zentrale rumlaufen und alle Papiere anfressen, die ihnen vor die Zähne kämen. Als nächstes wären die Büstenhalter der Sekretärinnen dran, haha! Ich lachte zwei Minuten mit, dann fragte ich nach Pradines. Ein Älterer mit grauem Schnurrbart trat vor.

„Ich hab Neuigkeiten für Sie, von Tanneur", sagte ich und zog ihn beiseite. „Er wird nämlich so schnell nicht wieder zur Arbeit kommen. Sein Junge ist plötzlich gestorben, das hat ihn mitgenommen. Er ist völlig von der Rolle. Ich soll Sie etwas fragen, was Vertrauliches... Haben Sie Fred am 17. gesehen, als er seinen Wagen hier abgestellt hat? Könnte es nicht sein, daß er eine Tüte mit Pralinen in seinem Wagen gefunden hat? Hat er Ihnen sogar eine davon angeboten?"

„Hört sich verdammt nach Bullenfragen an", knurrte der Alte und sah mich mißtrauisch an.

„Hier sind zwanzig Francs. Dafür bringt Ihnen jeder Kellner 'n volles Glas. O.k.?"

„O.k."

Er schob das Geld in seinen Blaumann.

„Na ja", begann er und strich seinen Schnurrbart glatt. „Um 3 hat Fred sein Taxi zurückgebracht. Wie üblich hab ich mich sofort drangemacht, den Wagen zu durchsuchen. Man weiß ja nie, was man da drin finden kann, M'sieur! Ich warte schon fünfzehn Jahre darauf, daß 'n reicher Sack seine Brieftasche vergißt. 50000 oder 'ne Million, mir egal. Bis jetzt hatte ich noch kein Glück... Also, an dem Tag find ich auf dem Rücksitz von Freds Karre 'ne Papiertüte. War aber weder Geld noch Diamanten drin, deshalb geb ich Tanneur die Tüte. Er steckt sie ein.

‚Besser als nichts', sagt er noch. Hatte schon so leicht einen in der Krone. Wollte mit mir teilen, aber Schokolade macht mir die letzten Zähne kaputt, die ich noch im Maul hab... Außerdem, Fred hat einen Sohn... äh... hatte..."

Ich bedankte mich bei Pradines und ging zu meinem Journalistenfreund zurück.

„War heute schon jemand hier, um mit Pradines zu sprechen?" erkundigte ich mich.

„Das ist hier kein Empfangssalon", erwiderte der Pförtner, dem keiner was vormachen konnte. „Sie sind der einzige von draußen, der seinen Fuß in den Schuppen gesetzt hat."

Also hatte Jannet Tanneurs Kollegen nicht zur Zeugenaussage bewegen wollen. Aber was war diese Aussage wert? Tanneur hatte den ganzen Tag Zeit gehabt, die Schokolade zu kaufen und auf den Rücksitz zu legen, damit Pradines sie finden würde. Er wußte ja, daß sein Kollege seit fünfzehn Jahren auf der Jagd nach der Million war. Doch warum hatte er bei seiner Verhaftung Inspektor Faroux nicht sofort von der Fundsache berichtet? Warum hatte er einen ganzen Tag damit gewartet? Einen Tag, an dem er auf geheimnisvolle Weise verschwunden war! Entweder war die Sache mit der Tüte inszeniert; dann hätte er sie nicht vergessen, auch nicht nach einer Sauftour. Oder aber er hatte die Schokolade tatsächlich gefunden; dann wäre es immerhin möglich gewesen, daß diese unwichtige Tatsache vom Alkohol fortgespült worden war.

Ich wurde durch ein Gebrüll aus meinen Gedanken gerissen, ein Gebrüll, das dem Volumen des Pförtners angemessen war.

„Schlag sie tot!" schrie er einem Jungen zu, der einer Ratte, so dick wie eine Katze, hinterherjagte und in einem der Schuppen verschwand.

„Sie sollten in Ihrer Zeitung mal der Stadtverwaltung auf die Füße treten", brummte der Pförtner. „Die tun absolut nichts gegen die Ratten! Büros und Schuppen sind voll von den verdammten Biestern."

„Lassen Sie doch die Gangster aus Marseille kommen", schlug ich lachend vor. „Die gehen einmal mit ihren Maschinenpistolen hier durch, und das ganze Gelände ist rattenfrei!"

„Prima Idee! Jedenfalls besser als das Arsen."

„Was? Arsen?"

Der Mann in dem Glaskasten sah mich an, erstaunt über meinen Tonfall.

„Sind Sie auch dagegen?" fragte er, erfreut, einen Verbündeten gefunden zu haben. „Also, ich bin gegen Arsen..." Er zählte mir ein gutes Dutzend wirksamerer Gifte auf. „Aber hier schwören sie auf Arsen. Wenn sie's wenigstens noch pur streuen würden... Nein, sie vermischen's mit weiß der Teufel was."

„Ich bin von Berufs wegen neugierig", sagte ich mit klopfendem Herzen. „Sagen Sie, wird das direkt hier vermischt?"

„Ja."

„Und Sie verwahren das reine Arsen?"

„Um Gottes willen, nein! Das Zeug steht in einem kleinen Schränkchen, im Schuppen C."

„Es ist wirklich ein Vergnügen, mit Ihnen zu plaudern!" rief ich und drückte dem Pförtner etwas Geld in seine Bärentatze. „Werd Ihnen ein Monatsabonnement des *Crépu* schenken! Doch, ich halte es für immer wahrscheinlicher, daß Ihr Foto auf der Titelseite erscheint... Und jetzt sagen Sie mir nur noch eins: Ist der Giftschrank verschlossen, oder kann da jeder ohne weiteres dran?"

Er pfiff leise durch die Zähne, seine Augen funkelten, und sein unverwechselbarer Humor schimmerte wieder durch:

„Ich glaube immer weniger, daß Sie hier sind, um Tanneurs Mütze zu holen. War doch die Mütze, oder?"

„Nein, seine Brille", antwortete ich geistesgegenwärtig.

„Ach ja, stimmt! Seine Brille... Entschuldigen Sie, aber Ihre Fragen sind so interessant... Sehen Sie, bei mir herrscht Ordnung." Er ließ mich einen Blick in seinen Glaskasten werfen. „Sonst herrscht hier in dem Laden nämlich das reinste Chaos. Zum Beispiel der Schrank mit dem Arsen! Nein, der ist nicht verschlossen. Da kann jeder dran... Hören Sie..." Er zwinkerte mir komplizenhaft zu. „Wenn durch meine Tips jemand in den Bau kommt – oder wieder rauskommt –, dann vergessen Sie nicht das Foto auf der Titelseite, ja?"

8
Der unfaire Monsieur Galzat

Es wurde Zeit, in ein Restaurant zu gehen und über den Fall in Ruhe nachzudenken. Als ich mich zum x-ten Male fragte, ob Frédéric Tanneur nun der Mörder seines Sohnes war oder nicht, kam ein Kellner mit schmieriger Schürze an meinen Tisch und verlangte eine bestimmte Summe von mir. Der liebenswürdige Schmutzfink gab mir sein Ehrenwort, daß ich etwas gegessen und getrunken hätte. Er trieb seine Liebenswürdigkeit sogar so weit, mir einzeln aufzuzählen, was ich verzehrt hatte. Was er sagte, klang vernünftig, aber ich konnte mich ums Verrecken an nichts erinnern. Doch es mußte wohl stimmen, denn ich verspürte weder Hunger noch Durst.

Ich beschloß, zur Erholung die Vernissage von Julien Théron zu besuchen. Dort würde ich bestimmt Marc Covet und René Galzat treffen. Eine schöne Erholung!

Vor der *Galerie Moderne* in der dunklen Rue Jacob standen mehrere teure Autos. In den Räumen der Galerie drängte sich eine bunt zusammengewürfelte Menschenmenge. Wenn man Glück hatte, konnte man durch eine Lücke die schreienden Farben eines Bildes erspähen. Niemand interessierte sich dafür. Schließlich geht man nicht zu einer Vernissage, um sich Bilder anzusehen! Man redet über dies und das, vor allem über andere Leute und insbesondere über Abwesende. Bei einer Vernissage über Kunst zu diskutieren, gilt überall auf der Welt als unpassend.

Julien Théron behielt die Eingangstür im Auge, um die Barone (Finanzbarone eingeschlossen!), Marquisen und Gräfinnen zu zählen, die ihm die Ehre erwiesen. Als er mich sah, kam er auf mich zu. Im selben Moment erblickte ich Covet und Galzat. Die beiden gaben ein hübsches Paar ab. Plauderten so charmant miteinander, als hätten sie an derselben Brust genuckelt. Nicht weit entfernt von den Redakteuren des *Crépu* stand Reboul. Irgendwie hatte er es geschafft, sich in dieses mondäne Fegefeuer einzuschleichen. Er schenkte seine Aufmerksamkeit zu gleichen Teilen René Galzat und einer kleinen Brünetten à la Montparnasse, die er sicher kostenlos beschattet hätte.

Noch während ich dem Makler die Hand schüttelte, winkte ich die beiden Journalisten heran. Sie gehorchten gerne, die Hände zur Begrüßung ausgestreckt, die Gesichter vom Lächeln ganz verkrampft. Galzat und Théron schienen sich nicht zu kennen. Ich stellte sie einander vor.

„Im Ernst?" wunderte sich der Maler. „Nestor Burma stellt René Galzat vor? Das ist ja 'n Ding! Ich dachte, Sie wären Rivalen..."

Ich tat das mit einer Handbewegung ab.

„Nur zu Reklamezwecken", erklärte ich lachend.

„Trotzdem... Wenn ich geahnt hätte... Na ja, jedenfalls... Ich freue mich! Mit Ihnen wollte ich mich nämlich unterhalten, Monsieur Galzat. Hab Sie gar nicht reinkommen sehen... Offensichtlich fehlt mir der sichere Blick eines Nestor Burma!"

„Sie wollten mich sprechen?" fragte Galzat ziemlich überrascht.

„Besser, wir gehen raus", schlug Théron vor, womit er uns alle vier meinte. „Da sind wir ungestörter."

Draußen vor der Galerie begann der Maler ungestört:

„Sie werden mich vielleicht für verrückt erklären, aber das ist mir egal. Hab mich inzwischen daran gewöhnt und pfeife auf das, was andere von mir denken. Zur Sache, Monsieur Galzat: Nach der Vernissage, die hoffentlich gegen halb eins beendet sein wird, gebe ich eine kleine Party in meinem Atelier. Von den Blödmännern da drin wird niemand dabeisein..." Er lachte. „Nur ich. Im engsten Kreise, höchstens zehn Leute. Kann ich mit Ihnen rechnen, Monsieur Galzat?"

„Aber gerne“, sagte der Journalist lächelnd. „Und deshalb soll ich Sie für verrückt erklären?“

„Ich lade Sie auf Bitten einer Dame hin ein, die Sie unbedingt kennenlernen möchte. Eine sehr vornehme Dame. Hinreißend! Und hinreißende Frauen darf man nicht enttäuschen. Falls Sie sich bei uns nicht wohlfühlen, haben Sie immer noch die Möglichkeit, sich nach einer Viertelstunde wieder zu verabschieden. Aber kommen müssen Sie! Ich versichere Ihnen, Sie werden es nicht bereuen...“

Die Sache gefiel mir ganz und gar nicht. Trotzdem – oder gerade deswegen – bemühte ich mich, einen kleinen Scherz zu machen:

„Sieh mal an, unser Théron! Wußte gar nicht, daß du ein so talentierter Kuppler bist, mein Lieber!“

„Man muß schließlich leben“, gab er achselzuckend zurück.

„Ich nehme Ihre Einladung an“, sagte Galzat. „Oder besser gesagt: die der schönen Unbekannten. Denn... Ich hoffe doch, daß sie schön ist?“

„Sehr sogar.“

„Wo wohnen Sie?“

„In Montrouge“, mischte ich mich ein. „Wir können zusammen hinfahren.“

Julien runzelte die Stirn.

„Du kommst auch?“

Es schien ihn nicht sehr zu begeistern.

„Die Unschuld unseres jungen Sherlock Holmes ist in Gefahr. Ich muß auf ihn aufpassen!“

„Tja... ich weiß nicht, ob es dir gefallen wird. Du, als Detektiv, zwischen Dichtern, Literaten...“

„... und schönen Frauen, vergiß das nicht! Denn wegen der Damen werde ich kommen, Julien. Und außerdem... Wie du eben selbst gesagt hast: Falls ich mich nicht wohlfühle, habe ich immer noch die Möglichkeit, mich nach einer Viertelstunde zu verabschieden! Doch, ich habe große Lust zu kommen, wenn auch nur für eine Viertelstunde.“

„Wie du willst", sagte Théron resigniert. Dann wandte er sich wieder an Galzat: „Für den Fall, daß Burma sich anders besinnt... Hier meine Adresse." Er reichte ihm eine Visitenkarte. „So, nachdem das geklärt ist, können wir wieder reingehen."

„Vielleicht müssen wir ja nicht mehr dabeisein", raunte Covet mir zu.

Ihm war es drinnen in der Galerie bestimmt zu trocken.

„Wir gehen 'n Gläschen trinken", sagte ich laut, „aber vorher möchte ich noch jemanden begrüßen."

Ich ging mit Julien hinein, flüsterte Reboul schnell ein paar passende Worte ins Ohr und kam wieder heraus.

„Gehen wir doch zu Henri", schlug ich den Journalisten vor. „Das ist 'n Freund von mir, der hier in der Straße ein Bistro hat."

Das Lokal war klein und gemütlich. An den Wänden hingen Plakate von 1900. Ein Ventilator schnurrte und brachte die Haarpracht eines leicht angesäuselten Gastes durcheinander. Er liebe die stürmische See, lallte er, wenn es dann nur nicht immer Schiffbruch gebe... Unerschütterlich stand Henri am anderen Ende der Theke und tat das, was ich ihn immer hab tun sehen, zu jeder beliebigen Tageszeit: Er rechnete und zählte Geld. Um mich zu begrüßen, unterbrach er seine Tätigkeit. Er fragte mich, wie es mir altem Flic gehe, ich antwortete, prima gehe es mir altem Flic, und schüttelte ihm die Hand. Teddys Hand durfte ich leider nicht schütteln. Die gepflegte Kellnerin hatte sich soeben die Fingernägel lackiert, und sie wollte sich von mir nicht ihre kunstvolle Arbeit zerstören lassen.

Wir setzten uns und bestellten starke Getränke für durstige Kerle. Marc und ich zogen Galzat eine Weile wegen seiner Erfolge bei schönen Unbekannten auf.

Die Tür wurde geöffnet, und herein spazierte Reboul. Er setzte sich an die Theke, trank ein Bier und verschwand dann in der Toilette. Kurz darauf folgte ich ihm.

„Ich übernehme Galzat heute nacht", sagte ich zu ihm. „Was anderes: Kennen Sie Paoli, den Korsen?"

„Den Gangster?"

„Ja. Wird von seinen Freunden auch gerne ‚Der Große Manitu' genannt. Thomas Jannet ist sein Freund und Anwalt. Tanneur – Sie wissen schon, der Taxifahrer unter Mordverdacht – wird ebenfalls von Jannet verteidigt. Heute nachmittag hat er versichert, er trinke nicht mehr. Habe es dem Großen Manitu versprochen! Es müßte schon mit dem Teufel zugehen, wenn das reiner Zufall wär! Ich glaube, ich sollte mir den Korsen mal vornehmen. Nun ist er aber weder 'ne halbe Portion noch 'n kleiner Kleinverdiener. Er hat mehrere Wohnungen. Ansonsten weiß ich genausoviel über ihn wie Florimond Faroux: nichts! Setzen Sie sich mit Zavatter in Verbindung und sagen Sie ihm, er soll mir die Adressen des korsischen Manitu besorgen."

„In Ordnung", sagte Reboul.

Er ging vor mir hinaus. Als ich mich wieder zu den Journalisten setzte, war er bereits schlafengegangen.

* * *

Gegen eins setzte uns ein Taxi am Rande von Montrouge ab. Wir hatten alle drei schon leichte Schlagseite. So läuteten wir an der Ateliertür von Julien Théron.

„Die Dame, die Ihnen vorgestellt werden wollte, ist gerade mit einer Freundin weggegangen", sagte der Maler zu Galzat. „Sie ist aber gleich wieder da."

Um die Zeit totzuschlagen, tauschten wir Namen und Händedruck mit einem schwedischen Arzt, einem Dichter von Montparnasse und irgendeinem Amerikaner, dessen Beruf im dunkeln blieb. Letzterer freute sich ganz besonders, einen Privatdetektiv kennenzulernen. Warum, sagte er mir nicht. Wir plauderten und becherten eine Weile, und dann klingelte es an der Tür.

„Das werden sie sein", sagte Théron und ging öffnen.

Instinktiv prüfte Galzat den Sitz seiner Krawatte. Im Korridor war Stimmengemurmel zu hören, dann teilte sich der Vorhang zum Atelier.

„Monsieur Galzat“, sagte unser Künstlerfreund zeremoniell, „ich möchte Ihnen Mademoiselle Larcher vorstellen. Catherine, das ist René Galzat vom *Crépuscule*.“

Der Sex-Appeal von Joan Crawford, Ginger Rogers und Edwige Feuillère zusammen war ein Witz gegen diese zauberhafte Erscheinung. Catherine Larcher war groß, schlank und ungefähr dreißig. Das rosa-schwarze Kostüm stammte aus einem der bekannten Modehäuser und betonte raffiniert ihre Figur. Hinter einem rosa Hutschleier erblickte ich das schönste Gesicht, was ich je zu sehen bekommen hatte. Meine Bewunderung wurde durch das Bedauern, daß nicht ich es war, dem sie vorgestellt werden wollte, nicht beeinträchtigt. Zu dumm aber auch, daß dieses reizende Geschöpf es sich in den Kopf gesetzt hatte, Galzat zu verführen. Na ja, schließlich war er der Held des Tages – aber nur dieses einen, schwor ich mir. Im Augenblick jedenfalls stand ich dumm da mit meiner Idee, ihm eine Spionin ins Bett zu legen. Bevor ich eine finden würde, die Catherine Larcher ausstechen konnte, müßte ich wohl erst mal eine Schönheitskonkurrenz veranstalten.

„Sehr erfreut, Monsieur Galzat“, sagte die junge Frau mit melodiöser Stimme und hielt dem Journalisten anmutig ihre Hand hin.

Galzat ergriff sie und stammelte so was wie „Ganz meinerseits“. Diesmal glaubte ich ihm aufs Wort. Er hatte Mühe, den staunenden Mund wieder zuzuklappen. Nein, er bereute es nicht, gekommen zu sein!

„Ich habe Ihre Artikel gelesen“, hauchte Catherine. „Dann wollen Sie also das Geheimnis k. o. schlagen?“

Ich verzog das Gesicht, Covet hüstelte. Der Maler mischte sich ein:

„Ich möchte Ihnen noch zwei weitere Freunde vorstellen, Catherine. Marc Covet, ein Kollege von Monsieur Galzat und ebenfalls beim *Crépu*, und ... äh ... Nestor Burma, Privatdetektiv ...“

Das Lächeln verschwand von ihren Lippen. Bevor sie ihre Hand automatisch zurückziehen konnte, ergriff ich sie. Es war eine zarte und kühle Hand. Ebenso kühl sah Mademoiselle Larcher mich mit ihren nußbraunen Augen an. Ich kapierte schlagartig, warum Théron nicht übermäßig begeistert gewesen war, daß ich ebenfalls zu seiner Party kommen wollte.

„Sie mögen Flics nicht?“ lachte ich. „Aber keine Angst, ich bin nur Privatflic.“

Sie zog ihre Hand zurück und erklärte in feindseligem Ton, daß das schon möglich sei, aber nichts an ihrer Einstellung ändere. Flic oder Privatflic, die Arbeit sei dieselbe, und es komme aufs gleiche raus. Sie war wohl auf eine kritische Zeitschrift abonniert, in der es vor Worten wie Unsicherheit, Unfähigkeit und Korruption nur so wimmelte. Vielleicht hatte aber die Serie ungeklärter Verbrechen in der letzten Zeit die schöne, reiche Frau nervös gemacht. Während sie ihren Hut absetzte, gab ich mir Mühe, ihrer Meinung über Flics beizupflichten. Ich erzählte eine Anekdote über einen Kommissar, der mit einem Erpresser gemeinsame Sache gemacht hatte. Catherine Larcher warf sich mir zwar nicht direkt an den Hals, aber ich glaubte, in ihrer Achtung gestiegen zu sein. Ihre Prinzipien schienen alles andere als unerschütterlich zu sein. Allein die Tatsache, daß sie Galzat hatte kennenlernen wollen, bewies doch wohl ihre Inkonsequenz. Hatte der Journalist sich nicht auf ähnlich krumme Wege begeben wie ein gewöhnlicher Privatdetektiv? Auch wenn man mich steinigen wird: Ich kam zu der Überzeugung, daß Mademoiselle Larcher wie alle hübschen Frauen – alle sehr hübschen Frauen, meine Sekretärin ausgenommen – kein Ausbund an Intelligenz war. Ich konnte Hoffnung schöpfen.

Um uns abzulenken, goß der Gastgeber unsere Gläser voll und stellte das Radio an. Die laute Tanzmusik ließ keine Unterhaltung zu, was ja auch wohl im Sinne des Malers war.

Die schöne Polizistenfeindin tanzte unermüdlich und ausschließlich mit Galzat. Ich hatte eine Stinklaune. Meine Tanzkünste erlaubten es mir nicht, Catherine in die Arme zu nehmen. Ich hätte ihre Füßchen plattgetreten und beweisen können, daß ich dem Journalisten unterlegen war. Im Moment blieb mir als Trost nur der Alkohol. Ich tröstete mich ausgiebig. Endlich setzte die Hitze dem Gezapple ein Ende. Théron drehte die Musik leiser, und es entwickelte sich eine ungezwungene Unterhaltung. Mein Konkurrent saß dicht neben Catherine auf dem Ateliersofa und besprach mit ihr sicher schon die Farbe ihres zukünftigen gemeinsamen Schlafzimmers.

Ich glaube, daß es der Dichter war, der die Polizei wieder ins Spiel brachte. Er interessiere sich leidenschaftlich für Kriminalfilme, gestand er uns.

„Stimmt es", fragte er den Amerikaner, „daß in New York 97% der Verbrechen nicht aufgeklärt werden?"

Der Angesprochene antwortete mit schwerer Zunge, er sei nicht aus New York, sondern aus Chicago.

„Kann schon sein, daß in New York 97% der Fälle nicht aufgeklärt werden. Darüber lachen wir! In Chicago sind es hundert Prozent!"

Wir lachten mit ihm zusammen über das gelungene Bonmot. Dann kam die Sprache wieder auf die Pariser Polizei. Ich saß still in einer Ecke, ziemlich benommen von dem Alkohol, den ich mir zur Brust genommen hatte, und betrachtete nachdenklich den Stiel meiner Stierkopfpfeife. René Galzat spielte sich vor Catherine auf, indem er über die „Versager vom Quai des Orfèvres" herzog. Das konnte ich ihm wirklich nicht übelnehmen, doch das Beispiel, das er wählte, war..

„Korrupt wie in Übersee sind sie vielleicht nicht", tönte er, „aber unfähig, und das ist genauso unverzeihlich! Haben einfach keine Phantasie! Zum Beispiel vorgestern, da wurde in Saint-Ouen ein kleiner Junge vergiftet. Was macht man? Man denkt nur an das Nächstliegende. Bloß keine übermäßige Anstrengung! Immer den Weg des geringsten Widerstandes gehen! Man sperrt also den Vater des Jungen ein, und wenn der Inspektor bis morgen nicht die nötigen Beweise zusammenhat, muß man ihn wieder laufenlassen. Ich sage Ihnen, es ist zum Mäusemelken!"

Recht hatte er, der gute René Galzat! Es war wirklich zum Mäusemelken. Auch seine folgenden Sätze waren richtig. Klar, er hatte sie bei mir geklaut! Ganz schön dreist. Schließlich konnte er sich nicht damit rausreden, daß ich halb eingeschlafen wäre. Erstens wäre das keine Entschuldigung gewesen, und zweitens war ich hellwach. Unsere Blicke kreuzten sich, aber das kümmerte ihn nicht die Bohne. Im Gegenteil, er rief mich zum Zeugen an! Und so sah ich mich gezwungen, meine eigenen Worte zu bestätigen. Am liebsten hätte ich ihm ein paar hinter die Ohren geknallt. Mal sehen, wie weit er noch ging...

„In Saint-Ouen?" wunderte sich der Dichter von Montparnasse. „Hab darüber gar nichts in der Zeitung gelesen."

„Das ist auch nicht so sensationell, um in die Schlagzeilen zu kommen."

Catherine wollte Einzelheiten wissen. Galzat lieferte sie ihr. Die junge Frau schwieg eine Weile und sagte dann nachdenklich:

„Das erinnert mich an was. Ich habe gehört, daß man in einigen Läden Bonbons verkauft hat, die bei verschiedenen Leuten Unwohlsein hervorgerufen haben... Ja, jetzt weiß ich's wieder... Julien!"

„Ja", brummte Théron.

„Erinnern Sie sich nicht an den Tag, an dem ich eine Freundin in Enghien besucht habe... und am nächsten Tag war mir so elend!"

„Ja, doch, ich erinnere mich. Aber was wollen Sie damit sagen?"

„Das war vor ungefähr... vier Monaten, nicht wahr? Ich bin durch Saint-Ouen gefahren, und in einem Laden... Wie hieß er noch gleich? Na ja, egal... Jedenfalls hab ich da Kuchen gekauft. Und nach einem Stück wollte ich kein zweites mehr. Hat so merkwürdig geschmeckt... Und am ganzen nächsten Tag war's mir hundeelend!"

„Reiner Zufall", murmelte jemand.

„Es ist aber doch seltsam", bemerkte der Dichter, „daß

Mademoiselle Larcher den Kuchen ausgerechnet in dem Viertel gekauft hat, in dem der Junge vergiftet wurde."

„Tja, Saint-Ouen, Clichy, Saint-Denis..." Die Augen der jungen Frau glänzten vor Aufregung. „Da wimmelt es von Arabern, Italienern, Spaniern... Wenn das nun ein Komplott der Anarchisten war?"

Ich sah sie mitleidig an. Théron mußte laut lachen.

„Lachen Sie nicht, Julien!" wies Catherine ihn zurecht. „Es wäre doch denkbar, daß die Lebensmittelhändler des Viertels gegenüber der französischen Bevölkerung feindliche Gefühle nähren (ein passendes Wort!) und deshalb ihre Waren vergiften..."

„Oh ja, das wäre denkbar", stimmte ich ironisch zu, „nur wäre es noch viel denkbarer, daß die entsprechenden Läden schnell ausfindig gemacht würden."

Ich glaubte, ihr damit das dumme Maul gestopft zu haben.

„Aber nicht von der Pariser Polizei!" gab sie zurück.

Das saß! Und so ganz unrecht hatte sie nicht. Einige Mörder liefen nun schon seit sechs Monaten frei herum.

* * *

Es wurde schon so langsam hell, als wir uns verabschiedeten. Catherine Larcher war mit dem eigenen Wagen gekommen. Sie bestand darauf, Galzat nach Hause zu bringen. Der Journalist zierte sich nicht lange und ließ uns auf der Straße stehen.

„Charmante Person... Hübsches Paar", brummte Marc Covet.

„Ich hatte sowieso die Absicht, zu Fuß zu gehen", sagte ich.

„Wenn das so ist... Ich schließe mich Ihnen an", lachte Covet.

An der Porte d'Orléans stieg er in die Metro seiner Wahl. Ich setzte meinen Weg alleine fort.

9
Gedankenarbeit

Mit der vergangenen Nacht war ich ganz und gar nicht zufrieden. Es bestand kein Zweifel mehr, daß René Galzat als Wolf im Schafspelz nicht zögern würde, mich reinzulegen, ja, daß er schon munter damit begonnen hatte. Darüber hinaus hatte diese dumme Gans von Catherine Larcher meinen Plan, eine geprüfte Vamp-Spionin auf den Journalisten anzusetzen, durchkreuzt. Die Frau besaß Kinoformat und außerdem die von Galzat bevorzugte Haarfarbe. Der Haken war nur, daß die Haarfarbe auch von mir bevorzugt wurde. Zumal mich Catherines Schönheit nicht kalt gelassen hatte – trotz ihrer fixen Idee mit den lahmen Flics und trotz des Schimmelkäses, den sie anstelle des Hirns im Kopf zu haben schien. Und Galzat hatte sie mir seelenruhig vor der Nase weggeschnappt! Verdammt und zugenäht, wenn der so weitermachte, würde nicht nur das Geheimnis, sondern auch Nestor Burma vor ihm in die Knie gehen!

Zu Hause angekommen, rief ich das *Bijou Hôtel* an. Man teilte mir mit, daß Galzat soeben – alleine! – in sein Zimmer hinaufgegangen sei. Diese Auskunft heiterte mich wieder ein wenig auf.

Ich zündete mir eine Pfeife an und paffte vor mich hin. Mir geisterten eine Menge Dinge im Kopf herum. Ich schnappte mir wieder das Telefon und rief Jules Leblanc an, einen Mitarbeiter, den ich vorübergehend wegen Budgetknappheit auf Eis gelegt hatte. Wenn er Arbeit suche, sagte ich zu ihm, solle er sich bei Reboul melden. Ich wolle nämlich die Beschattungsschlinge noch etwas fester um Galzats Nacken ziehen.

Ich war todmüde. Um den beginnenden Kater zu verscheuchen, duschte ich ausgiebig. Danach nahm ich den Fall Tanneur wieder in Angriff. Vielleicht würde mich das über den kläglichen Verlauf der Nacht hinwegtrösten.

Mit den bekannten Fakten bastelte ich mir eine Theorie zusammen. Um die Sache zu vereinfachen, tat ich so, als hätte Tanneur einen triftigen Grund gehabt, seinen Sohn umzubringen.

* * *

In der Nacht vom 17. auf den 18. August stirbt Jean Tanneur an einer Arsenvergiftung. Das Gift befand sich in Pralinen. Diese Kugeln – besser gesagt: Reste davon – werden von Madame Tanneur in der Hosentasche ihres Mannes gefunden. Die Laboruntersuchungen ergeben, daß in der braunen Masse Arsen enthalten war.

Konnte Tanneur einen Plan ausgeheckt haben, um seinen Sohn zu vergiften? Die Zeugen – Nachbarn und Hüter der Moral – wiesen ihn als schlechten Vater aus. Hatte in der Vergangenheit bereits so was wie ein Attentat auf Jean Tanneur stattgefunden? Darüber schwiegen sich die Zeugen aus.

Am 18. wird Frédéric Tanneur zum ersten Mal von Inspektor Faroux verhört. Er ist nicht betrunken, obwohl er an diesem Tag nicht gearbeitet hat. Weigert sich zu sagen, wie und wo er die Stunden verbracht hat. Bemerkenswert in dem Zusammenhang ist die Aussage des Fuchses, derzufolge Tanneur die Absicht äußerte, seine Stelle bei der Taxizentrale aufzugeben. Gekündigt hat er aber nicht. Als er am 17. August um 15 Uhr seinen Wagen auf dem Firmengelände abgestellt hat, wußte er noch nicht, daß er nicht mehr dorthin zurückkehren würde. Diesen Entschluß muß er zwischen 15 und 17 Uhr 30, als er in der *Lucius Bar* den Fuchs gesehen hat, getroffen haben. Warum?

Tanneur konnte sich das nötige Gift aus dem Schränkchen im Schuppen C besorgen. Wie jeder andere der dort Beschäftigten. Beim Verhör behauptet er zunächst, sich an nichts erinnern zu können und niemals Pralinen bei sich gehabt zu haben. Das wird durch den Fuchs, der ausnahmsweise mal glaubwürdig ist, widerlegt: Maître Jannet wollte sich das Schweigen des Polizeispitzels erkaufen, getarnt als Erwerben der „Exlusivrechte“ an dessen Informationen. Dann ändert Tanneur seine Taktik. Erklärt, die Tüte samt Schokolade in seinem Taxi gefunden zu haben. Dafür gibt es sogar einen Zeugen: Pradines, sein älterer Kollege aus dem Schuppen C. Am 19. August wird Pradines nur von einer Person besucht und ausgefragt: von mir. Jannet konnte ihn also nicht gekauft haben. Pradines war es, der die Tüte gefunden und sie Tanneur gegeben hat. Dieser hat sie eingesteckt, obwohl Süßigkeiten nicht sein Fall sind. Pradines ist glaubwürdig. Dennoch kann Tanneur sich die Pralinen im Laufe des Tages besorgt und sie auf den Rücksitz gelegt haben, um sie von seinem Kollegen entdecken zu lassen und somit für einen Entlastungszeugen zu sorgen.

Waren die Pralinen bereits vergiftet, als Pradines sie gefunden hat? Wahrscheinlich nicht. Tanneur hat Pradines eine Praline aus der Tüte angeboten, was dieser dankend ablehnte. Doch das Indiz war nicht wasserdicht, denn Tanneur wußte, daß sein Kollege seine Aversion gegen Süßigkeiten teilte.

Trotz dieses Verhaltens neigte ich zu der Annahme, daß die Pralinen zwischen 15 Uhr und dem Zeitpunkt der Rückkehr zu Weib und Kind vergiftet worden waren. In derselben Zeit hatte Tanneur bei sich selbst eine Alkohol-Narkose vorgenommen.

Das führte mich wieder zu dem Widerspruch zwischen seinen üblichen Alkoholexzessen und seiner Enthaltsamkeit am 18. August. War der Vollrausch vom Vorabend bloß vorgetäuscht gewesen?

Florimond Faroux nahm an, daß Tanneur die Pralinen präpariert, dann aber vergessen hatte, sie seinem Sohn zu geben. Klang logisch, setzte aber voraus, daß Tanneurs Volltrunkenheit tatsächlich erwiesen war. Stellte man die nämlich in Frage, tauchte eine weitere Frage auf: Warum, wenn er nüchtern war, hatte er die Schokolade nicht eigenhändig seinem Sohn gegeben? Die Antwort war ganz einfach: Eine solche Liebenswürdigkeit hätte, weil noch nie dagewesen, allgemeine – und gefährliche! – Verwunderung in seiner Familie ausgelöst. Und da er die Gewohnheit seiner Frau kannte, seine Taschen zu durchwühlen...

So ein Monster! Sollte er darauf spekuliert haben, daß Madame Tanneur die Schokolade finden und sie dem Jungen geben würde?!

An Galzats und Covets Stelle hätte ich eine hübsche Schlagzeile samt Untertitel parat gehabt:

EIN TEUFLISCHER PLAN

Tanneur beweist, daß er die Schokolade gefunden hat; daß er sie nicht persönlich seinem Sohn gegeben hat; daß sein Sohn sie nur durch Zufall gegessen hat. ES WAR NUR EIN UNFALL UND KEIN VERBRECHEN!

Ausführung: Tanneur kauft Schokolade, legt sie auf den Rücksitz seines Taxis und läßt sie durch Pradines „entdecken". Er weiß genau, daß der Fuchs kein Schleckermaul ist (ebensowenig wie Pradines), und bietet ihm in der Lucius Bar eine Schokokugel an (wie zuvor seinem Kollegen). Sinn der großzügigen Gesten: Später kann Tanneur damit, wenn nötig, seine Ahnungslosigkeit beweisen. Er täuscht Trunkenheit vor, um keinen Verdacht zu erwecken, legt sich ins Bett und wartet ab...

So etwa lautete meine Theorie. Dennoch glaubte ich an Tanneurs Unschuld. Ich stoppte meinen Gedankenspaziergang. Stand das ganze Gebäude nicht auf ziemlich wackligen Beinen? Wo war das berühmte Motiv?

Einen Augenblick lang hatte ich die Möglichkeit in Betracht gezogen, daß Jean Tanneur nicht der richtige Sohn des Taxifahrers gewesen war. Doch eine schnelle Prüfung der Familienfotos, die Madame Tanneur mir unter Tränen gezeigt hatte, hatten mich vom Gegenteil überzeugt. Die Ähnlichkeit von Vater und Sohn war zu frappierend. Die Nachbarn... Ja, die Nachbarn hatten sich hauptsächlich über den Lärm der häufigen Auseinandersetzungen bei Familie Tanneur geärgert. Jetzt fanden sie endlich eine Gelegenheit, sich an dem eingebildeten Trunkenbold zu rächen. Aber warum sollte Tanneur seine Liebsten umbringen? Um sein gesamtes Geld für Alkohol und Spiel auszugeben? Dann wäre es doch wohl naheliegender gewesen, sich vom heimischen Herd, Tisch und Bett zu verabschieden. Oder war Frédéric Tanneur völlig bekloppt? Ich mußte gestehen, daß er diesen Eindruck nicht auf mich gemacht hatte.

Ein Mann, der einen so teuflischen Plan (siehe oben!) ausheckt, läßt nicht seine Hose rumliegen, in deren Taschen der erstbeste Polizist (auch ein Pariser Flic, Mademoiselle Larcher!) Reste von vergifteter Schokolade finden kann. Wenn Faroux die Aussagen überprüfen würde, würde er früher oder später vor dem Giftschrank im Schuppen C der Taxizentrale stehen. Nein, Frédéric Tanneur benahm sich, als wäre er... *als wäre er unschuldig!*

Konnte man die Hypothese wagen, derzufolge sich ein *schuldiger* Tanneur benahm, als wäre er unschuldig?

Genug! Ich stand auf, nahm meinen schmerzenden Kopf in beide Hände und ging zu meinem Giftschrank – dem mit Alkohol. Nach einer durchzechten Nacht so angestrengt nachzudenken, bekam mir ganz und gar nicht. Wie kam ich dazu, mich zu fragen, ob Tanneur völlig bekloppt sei? Das traf eher auf mich selbst zu. Noch ein paar Haarspaltereien, und ich konnte mich zu meinem Freund Dr. Ferdière bringen lassen. Gaston leitete nämlich irgendwo eine psychiatrische Klinik... Ich frönte paranoiden Spitzfindigkeiten, und alleine das Wort verursachte bei mir eine tiefe Depression. Also gab ich die Erbsenzählerei dran, duschte ein zweites Mal, kochte mir einen starken Kaffee, trank ihn und stellte mir nacheinander die Fragen, die bisher ungelöst geblieben waren:

1. Warum unterschied sich Tanneurs Verfassung am 17. August von der an anderen Tagen?

2. Welches Ereignis hatte ihn dazu veranlaßt, seinen Job hinzuschmeißen?

3. Wo hatte er den 18. August verbracht?

4. Und den 19.?

5. Was steckte hinter seinem geheimnisvollen Verschwinden?

6. Tanneur hätte sich den rechten Daumen nicht verletzen können, wenn er während eines Films mit Fernandel in seinen Zähnen gestochert hätte. Wie dann? Wo? Dazu kam noch sein leichtes Hinken...

7. Warum hatte Thomas Jannet sich angeboten, ihn zu verteidigen?

8. Warum hatte Jannet sich um die Freilassung seines Mandanten bemüht?

9. Warum hatte Tanneur Paoli (dem Gangster, dem Korsen, dem Großen Manitu) versprochen, das Trinken aufzugeben?

10. Welche Beziehung bestand zwischen dem Taxifahrer und dem Gangster?

Die Fragen Nr. 7, 8 und 10 konnte ich sofort beantworten.

Tanneur und Paoli kannten sich. Schließlich erwähnt man den Großen Manitu nicht einfach so. Doch wie gut kannten sich die beiden? Man durfte nicht vergessen, daß Paoli der Freund und Mandant des Winkeladvokaten war, was zum Teil auch auf Tanneur zutraf. Welcher Schluß war daraus zu ziehen?

Daß Jannet sicherlich von Paoli den Auftrag erhalten hatte, sich um den Taxifahrer zu kümmern, schloß ich daraus. Demnach war Tanneur wichtiger, als allgemein angenommen wurde. Gehörte er vielleicht zur korsischen Bande? Er konnte sehr wohl seine Fahrkünste in ihren Dienst stellen. Wenn auch nicht ständig, so doch hin und wieder. Bei welchem Raubzug der Korsen hatte in letzter Zeit ein Fluchtwagen eine Hauptrolle gespielt? Bei einer Schießerei in Montmartre. Die Polizei hatte angenommen, daß der Wagen Paoli gehört habe. Beweisen konnte sie es nicht, da er im Verkehrsgewühl des Boulevard Magenta verschwunden war. Für den Coup hatte man einen geschickten und waghalsigen Fahrer gebraucht. Wann genau war das gewesen? Januar? Februar?

Ich sollte diesen Frédéric Tanneur wirklich genauer unter die Lupe nehmen. Vielleicht würde mich das zu einem Mordmotiv führen. Wahrscheinlich jedoch nicht. War es nicht überhaupt absurd, Tanneur zum Mitglied – oder zur Aushilfskraft – der Bande zu machen? Sprach nicht sein Lebensstandard und vor allem der seiner Familie gegen solch eine Vermutung?

Meine Gedankenspiele ließen nur einen vernünftigen Schluß zu: Ich war wieder dabei, mich aufs Glatteis zu begeben!

Eines stand jedoch fest: Tanneur und Paoli kannten sich, und der Gangster mußte den Taxifahrer schon sehr mögen oder sehr brauchen, daß er seinen eigenen Anwalt an ihn auslieh. Wie aber hatte der Korse so schnell von den Schwierigkeiten erfahren, in denen Tanneur sich befand? Ganz einfach: Solche Leute haben überall ihre Verbindungen.

Ich konnte mir vorstellen, daß der Große Manitu Tanneurs Fähigkeiten dringend benötigte. Das Arbeitsangebot war dem Fahrer am 17. August gemacht worden, nachdem dieser die Taxizentrale verlassen und bevor er den Fuchs getroffen hatte. Sonst hätte er dem Spitzel nicht seine Stelle angeboten. Daraus folgte, daß Tanneur eine längerfristige Arbeitsmöglichkeit in Aussicht hatte. Jannet hatte seinen Mandanten also so schnell aus den Fängen des Inspektors befreit, weil die geheimnisvolle Arbeit dringend erledigt werden mußte. Und genau bei dieser Arbeit hatte sich der Taxifahrer am Daumen verletzt. Er ging so wie jemand, dem man soeben eine Spritze verpaßt hatte. Eine Tetanusspritze zum Beispiel. Zurück zu der längerfristigen Beschäftigung: Sie mußte bestens bezahlt werden, denn Tanneur hatte vor, davon zu leben. An Geld fehlte es Paoli nicht, und als geizig galt er ebensowenig.

Die Geldfrage brachte mich wieder auf die Vergiftung des kleinen Jean Tanneur.

Die Arbeit für Paoli befreite den Taxifahrer von seinen finanziellen Sorgen. Angenommen, er hatte von seiner Frau die Nase voll, so konnte er sie jetzt verlassen und ihr außerdem noch Geld zukommen lassen. Er müßte ja schön blöd sein, wenn er seine guten Zukunftsperspektiven durch ein Verbrechen aufs Spiel setzen würde!

War der teuflische Plan – angenommen, es gab ihn überhaupt – ausgeheckt worden, bevor das Angebot des Großen Manitu gekommen war?

Ja.

Hatte das lukrative Angebot den Mord an seinem Sohn überflüssig gemacht?

Ja.

Warum hatte Tanneur die vergiftete Schokolade dann nicht in den Papierkorb geworfen? Weil Tanneur gar nicht wußte, daß er vergiftete Pralinen mit sich rumschleppte. Weil Tanneur die Pralinen nicht vergiftet hatte. Weil er die Wahrheit sagte, wenn er behauptete, sie in seinem Taxi gefunden zu haben.

Frédéric Tanneur war nicht der Mörder seines Sohnes!

10
Der Ingenieur

Ich war zufrieden mit meiner Gedankenarbeit. Sie hatte mir einige Mühe bereitet, aber zu erstklassigen Schlußfolgerungen geführt. Ja, der liebe Nestor war – wenn auch etwas mitgenommen – noch nicht so verrostet, wie er aussah.

Übrigens fühlte ich mich jetzt schon viel munterer. Auf zwei wichtige Dinge wollte ich mich konzentrieren: auf die tödliche Tüte und die geheimnisvolle Tätigkeit Tanneurs. Wenn ich mit diesen beiden Trümpfen den frechen Galzat nicht ausstechen konnte, würde ich meinen Revolver an den Nagel hängen.

Blieb nur noch, mich durch etwas Konkreteres als durch abstrakte Überlegungen davon zu überzeugen, daß Tanneur für den Korsen arbeitete und gearbeitet hatte. Zuerst mußte ich mich über die Schießerei in Montmartre informieren, Datum, Uhrzeit usw. Dann das Recherchierte mit dem Arbeitsplan der Taxizentrale vergleichen... Eine hübsche Aufgabe! Es wäre auch keine schlechte Idee gewesen, mir die Liste von Tanneurs Fahrten am 17. August zu besorgen. So könnte ich vielleicht den Kunden ausfindig machen, der das ideale Geschenk für die Erbtante auf dem Rücksitz des Taxis vergessen hatte.

Und dann war da noch was: Die schöne Catherine schien sich sehr für den Giftmord zu interessieren. Wenn ich ihr nun den Kopf des Mörders auf einem Silbertablett servieren würde, müßte sie wohl oder übel zugeben, daß ich nicht ganz so blöd war, wie die Polizei, die ihrer Meinung nach sehr blöd war, erlaubte. Und dann würde René Galzat den kürzeren ziehen. Vielleicht!

In heller Vorfreude rieb ich mir die Hände, trank noch einen schwarzen Kaffee und rief Julien Théron an, um Catherines Adresse in Erfahrung zu bringen. Schließlich mußte ich an dem großen Tag wissen, wie ich das schöne Kind erreichen könnte. Oder auch früher, man weiß ja nie...

Sie wohnte in Passy – einem Stadtviertel, das mir schon immer gefallen hatte – und dort in einer Villa. Eine Villa in Passy! Mein Traum! Julien fragte mich, ob ich verknallt sei. Ich antwortete „Ja" und legte auf. Da er mich gut kannte, schloß er daraus, daß ich es nicht war.

Ein unbestimmtes Gefühl in der Magengegend veranlaßte mich, zur Uhr zu sehen. Schon elf! Erst jetzt fiel mir auf, wie hoch die Sonne am Pariser Himmel stand. Darum also hatte Théron so wach gewirkt!

Doch ich hatte noch keinen Hunger. Es war erst Zeit für den Aperitif.

* * *

Nach dem Mittagessen ging ich in die Agentur *Fiat Lux*. Hélène stand auf einem wackligen Schemel und wühlte in vergilbten Aktenstößen, die oben auf einem Schrank lagen. Ihr Gesicht war staubbedeckt, und ihre Hände... Besser, man sah nicht hin! Ja, nach der Akte Blouvette-Targuy zu suchen, war keine Arbeit, die man im Abendkleid erledigen sollte. Und bis jetzt war die Suche noch nicht mal durch Erfolg gekrönt. Ich fragte meine Sekretärin nach Neuigkeiten. Roger Zavatter ließ mir ausrichten, er werde mir mit etwas Glück sehr bald Informationen über Paoli zukommen lassen. Das freute mich, denn ich brauchte diese Informationen dringender denn je. Gutgelaunt rief ich Marc Covet an. Der trinkfreudige Journalist klang eher verschlafen.

„Was tut Galzat?" fragte ich ihn.

Der Name wirkte auf ihn wie ein Peitschenhieb.

„Gestatten Sie, daß ich lache!" rief Covet und lachte tatsächlich. „Das Mäuschen von gestern nacht hat bei René einen akuten Hirnschaden verursacht. Er sitzt in seinem Büro und schreibt Gedichte!"

„Der direkte Weg, um beim *Crépu* rauszufliegen." Jetzt war ich dran mit Lachen. Meine Laune wurde immer besser. „Von Montparnasse nach Montmartre: Können Sie mir sagen, wann genau ein Wagen von Paoli einen Ausflug nach Montmartre unternommen hat? Sie wissen schon, die Schießerei Anfang des Jahres..."

„Dazu müßte ich runter ins Archiv", antwortete Covet ausweichend.

„Genau darum möchte ich Sie bitten!"

Nun... ja... also... Na schön, er werde zurückrufen. Eine Viertelstunde später kannte ich das genaue Datum. Es war am 28. Januar gewesen.

Zur Kontaktpflege rief ich Faroux an. Der Inspektor schäumte vor Wut. Frédéric Tanneur blieb unauffindbar! Der könne sich auf was gefaßt machen, wenn er ihm, Faroux, in die Hände falle! Ich murmelte ein paar Worte des Mitleids und legte auf. Als ich das Büro und Hélène gerade verlassen wollte, läutete das Telefon.

„Sind Sie's, Chef?" meldete sich Zavatter. „Ah, prima! Hab einen Kerl aufgegabelt, der darauf brennt, das Maul aufzutun. Er weiß, daß ich von *Fiat Lux* bin, will aber nur mit Nestor Burma persönlich sprechen."

„Dann bringen Sie ihn mal gleich her!"

„Nun... ja... also... die Sache ist die... Er würde gerne warten, bis es dunkel ist."

„Hat er 'ne Sonnenallergie?"

„Nein, genausowenig wie 'ne Aufenthaltsberechtigung. Deshalb!"

„Verstehe. Dann schleppen Sie ihn so gegen 10 in meine Privatwohnung."

„In Ordnung."

Ich stopfte mir eine Pfeife, rief Hélène ein paar ermunternde Worte zu („Staub ist gut für den Teint!") und machte mich auf nach Levallois-Perret zur Taxizentrale.

„Heute möchte ich mit einem Ihrer Chefs sprechen", sagte ich zu meinem bärenhaften Freund in dem Glaskasten.

Er zwinkerte mir zu.

„Immer noch wegen der Arsengeschichte?"

„Schon möglich. Übrigens, die Veröffentlichung Ihres Fotos wird immer wahrscheinlicher." Ich hatte das Gefühl, so was Ähnliches schon mal gesagt zu haben. „Hab heute den Apparat vergessen, aber das nächste Mal komm ich nur zum Fotografieren vorbei."

„Nicht nötig", wehrte er ab. „Ich wußte, daß Sie noch mal herkommen würden. Deswegen hab ich Ihnen schon mal dies hier mitgebracht..."

Er gab mir ein Paßfoto aus seiner Militärzeit. Sein Glück, daß die Behörden keine Ahnung von der Existenz dieses furchterregenden Abzugs hatten. Sie hätten sein Gesicht auf der Stelle als jugendgefährdend verboten. Begeistert steckte ich das Foto ein und bat das Original, mir Zugang zu einem der hohen Tiere zu verschaffen.

Als ich vor diesem hohen Tier saß, zauberte ich eine Visitenkarte hervor, der man fälschlicherweise durchaus entnehmen konnte, ich wäre ein echter Flic. Doch das hohe Tier bedauerte trotzdem: Nein, leider sei es ihm nicht möglich, mir eine Auflistung der einzelnen Fahrten Tanneurs am 17. August zu geben. Doch in bezug auf den 28. Januar hatte ich mehr Glück. Tanneur, der nur selten nicht zur Arbeit erschienen war, hatte sich am 28. und 29. Januar krankgemeldet. Schließlich versorgte mich das hohe Tier freundlicherweise mit Namen und Adresse des Unternehmens, bei dem Tanneur früher gearbeitet hatte: einer Gesellschaft für Werkzeugmaschinenbau in Courbevoie.

Ich begab mich zu der angegebenen Adresse. Ein glatzköpfiger und verstaubter Alter antwortete auf meine entsprechende Frage: Ja, Tanneur habe von dann bis dann bei ihnen gearbeitet.

„Wir erteilen grundsätzlich keine Auskunft über unsere Beschäftigten", fuhr er fort, „denn das wäre gegen das Gesetz. Davon abgesehen, verlangt es unsere eigene Selbstachtung..."

Ja, dachte ich, der Trick ist der, negative Auskünfte neutral zu formulieren!

„Er war ein hervorragender Ingenieur, aber leider... Ich glaube nicht, daß ich ihm unrecht tue, wenn ich ihn als... äh... eigenwillig bezeichne. Unser Haus hat sich von ihm getrennt, nachdem... Also, Einzelheiten erzähle ich Ihnen nur, wenn Sie darauf bestehen!"

„Ingenieur?" fragte ich verwundert. „Sind Sie sicher, daß Sie sich nicht irren? Ich dachte, Frédéric Tanneur wäre Mechaniker."

„Nein, nein, ich irre mich nicht. Ein eigenwilliger Kerl, ich sag's Ihnen, aber andererseits auch ein erstaunlicher Mann. Wußte die Praxis mit der Theorie zu verbinden. Ein Universalgenie! Hervorragender Mechaniker, hervorragender Fahrer, hervorragender Ingenieur. Aber eigenwillig eben, wie gesagt. Wollen Sie wissen, warum wir uns von ihm getrennt haben?"

Der Glatzkopf wollte seine Geschichte unbedingt loswerden. Da ich sie mir lang und nur entfernt neutral vorstellte, sagte ich „Nein", bedankte mich und verschwand.

Was ich nämlich soeben erfahren hatte, war höchst interessant und reichte mir vollkommen. Florimond hatte die Klagen von Madame Tanneur über ihre jetzige Situation nicht ernstgenommen. Doch sie waren, wie sich jetzt herausstellte, berechtigt gewesen. Frédéric Tanneur hatte schon bessere Tage gesehen. So erklärten sich auch die Reste von guten Manieren und Bildung bei dem Taxifahrer, der zu meiner großen Überraschung beim ersten Verhör mit zwei Namen aus Edgar Allan Poes Werken um sich geschmissen hatte. Hinter dem einfachen Mann verbarg sich ein ehemaliger Ingenieur, wenn auch ein „eigenwilliger"! Aus besseren Zeiten stammte auch seine Spielleidenschaft, und die jetzigen, schlechteren Zeiten hatten ihn auf den Alkohol gebracht. Von Paoli, dem korsischen Gangster, wußte man, daß er sich gerne mit intelligenten Männern umgab. Daß er dem sozial abgerutschten Tanneur eine wichtige Aufgabe anvertraut hatte, war plausibel. Die unbestreitbaren Fähigkeiten des „Universalgenies" konnte er gut gebrauchen. Ohne jeden Zweifel war Frédéric Tanneur der waghalsige Fahrer von Montmartre gewesen. Durch seine Krankmeldung bei der Taxizentrale am 28. und 29. Januar hielt ich das für so gut wie bewiesen.

* * *

Um zehn Uhr spürte ich wieder die Nachwehen der gestrigen Nacht. Ich liebäugelte schon mit meinem Bett, als Roger Zavatter vor der Tür stand. Neben ihm stand der Mann, der eigentlich gar nicht in Paris sein durfte. Die zwielichtige Gestalt legte auch sofort los: Er habe früher für Paoli gearbeitet, der Korse sei ihm gegenüber jedoch nicht fair gewesen, jetzt habe er seine Aufenthaltsberechtigung für Paris verloren, weil Paoli keinen Finger krumm gemacht habe, und deswegen wolle er mir nun 'n paar Tips geben – vorausgesetzt, das bleibe unter uns. Dafür mußte ich ihm versprechen, ihn nicht bei den Flics zu verpfeifen. Falls seine Tips sich als falsch rausstellen würden, antwortete ich, werde er sich ruckzuck in einer Arrestzelle wiederfinden; denn was die Respektierung der Gesetze angehe, ließe ich nicht mit mir spaßen. Der Heimatlose bat um die Erlaubnis, dreimal kurz auflachen zu dürfen. Als er das getan hatte, kritzelte er ein paar Adressen auf einen Zettel.

Paoli hatte zur Zeit fünf Wohnsitze, drei in Paris selbst und zwei in den Vororten La Varenne-Saint-Hilaire beziehungsweise Malabry.

11
Das Schloß im Wald

Am nächsten Morgen wurde ich um neun Uhr vom Telefon geweckt. Reboul war am Apparat.

„Könnte man Galzat nicht in eine dunkle Gasse locken und ihn umbringen?“ schlug er vor. „Der Junge macht mir und Leblanc das Leben wirklich schwer... und teuer! Theater, Nachtclubs, das treibt die Spesen in die Höhe.“

„Ach ja, die Spesen“, brummte ich.

Als wäre das Bett der richtige Ort, um diese Frage zu klären! Doch dann merkte ich, daß Reboul eigentlich ganz zufrieden und das Gefasel von den überhöhten Spesen... na ja, reines Gefasel war. Mein Mitarbeiter gab mir detailliert den Tagesablauf des Journalisten durch.

„Er hat seinen Schwarm ins Theater ausgeführt. Sagen Sie, Chef, arbeitet diese Catherine Larcher für uns?... Nein? Verdammt! Nun, sie waren im Theater. Kultur ist aber wohl nicht ihre Sache. Hat ihnen offensichtlich nicht besonders gefallen, weder ihr noch ihm. Oder das Mädchen hat gestern ’n Brief vom Finanzamt gekriegt. Also, ich hab schon lustigere Sargträger gesehen! Die beiden sind vor dem Ende rausgegangen, nach Montparnasse in einen Nachtclub, Champagner schlürfen. Dort hab ich Leblanc die Fackel übergeben. Er hat sich an den Nebentisch gesetzt und ihre Unterhaltung belauscht. Scheint so, daß Sie recht haben: René Galzat ist ein falscher Hund. Kommt Ihnen beim Fall Tanneur mächtig ins Gehege. Die beiden haben davon gesprochen, von Tanneur, von seinem Sohn... Galzat hat sogar diesen komischen Namen genannt, Sie wissen schon, den von dem Arzt aus Saint-Ouen, bei dem Sie sich neulich getroffen haben.“

„Blouvette-Targuy?"
„Ja."
„Übrigens, wo wir schon mal von ihm sprechen... Sagt Ihnen der Name nichts?"
„Nein."
„Schade. Weiter."
„Kurz darauf hat das Paar das Lokal verlassen. Die Frau hatte Tränen in den Augen. Ob von den Gedichten... Ja, der Kerl hat ihr tatsächlich Gedichte vorgelesen! Ob nun davon oder vom Zigarettenrauch oder von der Migräne, das konnte Leblanc nicht rauskriegen... Sie müssen nämlich wissen, die Dame wurde von einer schrecklichen Migräne gequält, und deswegen haben sie das Lokal so schnell wieder verlassen. Der Wagen von Mademoiselle Larcher stand vor der Tür. Ein hübscher Schlitten..."
„Ja, die Dame hat das gewisse Etwas", seufzte ich.
„Jetzt versteh ich auch, warum sie nichts mit der Agentur *Fiat Lux* zu tun haben wollte", lachte Reboul. Dann wurde er wieder ernst: „Leblanc ist ihnen hinterhergefahren. Vor einer Apotheke haben sie kurz gehalten, wahrscheinlich wegen der Migräne. Aber dann sind sie gleich weitergefahren, ohne die Apotheke zu betreten, direkt nach Passy, zur Wohnung von Mademoiselle Larcher. Leblanc hat es geschafft, die Abschiedsworte mitzukriegen. Galzat hat gesagt, es wäre dumm, soviel Angst zu haben. Sie hat ihm recht gegeben und die Schuld auf ihre Nerven geschoben. Sie sollte nicht zwei Abende hintereinander ausgehen, meinte sie. Zuletzt hat er ihr den Vorschlag gemacht, sie ihrer Haushälterin zu übergeben und den Wagen in die Garage zu fahren. Sie hat abgelehnt und gemeint, das könne sie selbst erledigen. Ich hatte den Eindruck, er suchte einen Vorwand, um noch länger bei ihr zu bleiben, und sie war's so langsam leid. Zufällig kam ein Taxi vorbei, sie hat es rangewinkt und ihn hineingesetzt, fast mit Gewalt."
„Prima. Schlußfolgerung: René Galzat will mich reinlegen, ausstechen und was weiß ich sonst noch. Und gleichzeitig

macht er der Larcher schöne Augen, den Hof usw. Schöne Nachrichten, so vor dem Frühstück... Vielen Dank!“

„Was die Frau angeht, Chef, da ist noch nichts Irreparables passiert“, beruhigte mich Reboul.

„Hätte grade noch gefehlt“, knurrte ich.

* * *

Ganz oben auf der Liste, die der heimatlose Rächer aufgestellt hatte, stand eine Adresse in Montmartre: Paolis offizieller Wohnsitz, der Polizei bekannt und daher unbewohnt. Die Deckadressen waren da schon interessanter: eine in der Nähe der Place de l’Etoile und eine weitere am Quai des Grands-Augustins, genau gegenüber der Kripo!

Instinktiv ließ ich erst mal die Adressen im Zentrum außer acht, um mich denen in den Vororten zu widmen.

Das Gangsternest in La Varenne verströmte den widerlichen Geruch bürgerlicher Hochanständigkeit. Keinerlei Hauch von Geheimnis und Abenteuer umgab die Villa im klassischen Stil. Nur aus Gewissenhaftigkeit ging ich in die nahegelegene Apotheke. Wie ich erwartet hatte, konnte der Angestellte auf keine meiner Fragen eine befriedigende Antwort geben.

Blieb nur noch der Wohnsitz in Malabry. Der Autobus setzte mich in dem freundlichen Vorort ab. Ohne die blockartigen Kasernen der Bereitschaftspolizei wäre der Eindruck noch viel freundlicher gewesen.

Was ich suchte, fand ich am Rande des Bois de Verrières, weit weg von der Ortschaft. Das Anwesen war von einer abweisenden, hohen Mauer umschlossen. Die Atmosphäre war in nichts mit der von La Varenne zu vergleichen. Durch das riesige Gittertor erspähte ich eine stattliche Villa. Schon eher ein Schloß. Nur ein geöffnetes Fenster im oberen Stockwerk und ein hochgestelltes Mansardenfenster verrieten, daß das Haus bewohnt war. Menschliche Geräusche waren nicht wahrzunehmen. Dennoch, der Mittelgang, der auf die Villa zuführte, war gepflegt, und der englische Garten wies eine Radspur eines schweren Fahrzeugs auf, das vor kurzem darübergefahren sein mußte.

Über dem Dachfirst, allerdings weit hinter dem Gebäude, erhob sich ein Turm. Ich ging um die Mauer herum, vorbei an einer Seitentür, die zwar nicht mehr ganz neu war, dafür aber ein solides Schloß und gutgeölte Angeln besaß. Plötzlich stand ich so dicht vor dem Turm, daß mir die Sicht auf die Spitze vom Blattwerk der Bäume versperrt wurde. Ich kämpfte mich ein wenig durch die Sträucher, die zwischen den Bäumen standen, und zückte mein allzeit bereites Opernglas. Mit seiner Hilfe sah ich eine große Hütte am Fuße des Turmes, einen Schuppen, der wie ein Attentat auf die Schönheit dieses Fleckchens Erde wirkte. Offenbar war er vor kurzem hochgezogen worden, auch wenn man sich bemüht hatte, die neuen Bretter auf alt zu trimmen.

Ich verließ meinen Beobachtungsposten und ging noch näher ran. Der Wind raschelte in den Bäumen. Ich brauchte eine Weile, um andere, sehr merkwürdige Geräusche wahrzunehmen, die gedämpft an mein Ohr klangen. Geräusche von Hammerschlägen und von Sägen, die sich durch Metall hindurchfraßen.

Vielleicht war es nicht besonders klug, sich den Schuppen – und das, was sich darin abspielte – genauer anzusehen. Zunächst mußte ich noch etwas anderes wissen. Ich ging wieder zurück und gelangte auf einen Weg, der sich bis zu den ersten (oder letzten) Häusern von Malabry schlängelte. An dem Tor einer Villa, die etwas abseits stand, hing ein glänzendes Kupferschild. Hier wohnte ein Arzt, der die Einsamkeit liebte. Ich hatte das sichere Gefühl, meine Zeit nicht zu vergeuden.

Wenn dieser Arzt die Einsamkeit liebte, dann war er hier goldrichtig. Sein Wartezimmer glich dem, was einen Schwertschlucker umgibt, der nach der Darbietung mit dem Teller rumgeht: Leere.

Der Arzt erschien. Er hatte einen weißen Bart, eine kleine Nickelbrille und große Angst.

„Sie kurieren wohl häufiger Erkältungskrankheiten, als daß Sie Tetanusspritzen setzen, was?" fragte ich zur Begrüßung.

„Wie bitte?" Er sah mich verblüfft an. „Sind Sie vom Städtischen Gesundheitsamt?" fragte er dann zurück und versuchte zu lächeln.

„Nein, aber von einer anderen Behörde", erwiderte ich. „Polizei."

Ich hielt ihm eine Visitenkarte in den Farben der Trikolore hin. Ein Kurzsichtiger konnte sie sehr gut mit einem Polizeiausweis verwechseln. Dabei handelte es sich lediglich um eine Quittung über fünfzehn Francs, die ich in einem Anfall von Geistesverwirrung in die Kasse der Ordnungshüter gezahlt hatte.

„Hm", hüstelte der Arzt. „Ich stehe Ihnen zu Diensten, Inspektor."

„Sind Sie vorgestern nicht zufällig zu einem Kranken gerufen worden, der sich am linken Daumen verletzt hatte? Eine ziemlich schlimme Verletzung, er brauchte eine Tetanusspritze..."

„Ja, das stimmt genau. Am frühen Nachmittag. Der Mann hatte einen tiefen Schnitt von einer Metallsäge. Ich mußte ihm eine Tetanusspritze geben und... äh... Ich wundere mich überhaupt nicht, Sie hier zu sehen, Inspektor."

„Und warum nicht?"

„Die Verletzung sah sehr merkwürdig aus."

„Was war denn so merkwürdig daran?"

„Oh, ich habe mich nicht richtig ausgedrückt. Die Verletzung als solche war so wie jede andere. Eine ernste Verletzung, der Daumen wäre um ein Haar abgetrennt worden. Nur... Ich habe mich gefragt, wo der Mann sich solch eine Verletzung hatte zuziehen können. Sie haben doch sicherlich bemerkt, Inspektor, daß wir hier nicht von Fabriken umgeben sind."

„Allerdings! Gibt es denn vielleicht hier in der Gegend eine kleinere Werkstatt oder so was?"

„Die einzige Werkstatt, die mit Metall arbeitet, befindet

sich am anderen Ende der Ortschaft. Auf dem Weg dahin kommt man aber an drei weiteren Arztpraxen vorbei."

„Haben Sie den Patienten um eine Erklärung gebeten?"

Der Arzt zögerte einen Augenblick, errötete leicht und entschloß sich dann zu antworten:

„Auch wenn ich in Ihren Augen ein Feigling bin, Inspektor, aber man kann von einem alten Mediziner am Ende seiner Laufbahn nicht die Tapferkeit eines Polizisten erwarten! Um es offen zu sagen, ich habe mich gehütet, mir weitere Gedanken zu machen oder Unruhe zu zeigen."

„Sah der Mann denn bedrohlich aus?"

„Überhaupt nicht! Nun, er nicht... Aber bei ihm war ein anderer, der... den..."

„Dem Sie freiwillig, wenn Sie ihm in einer dunklen Gasse begegnen würden, die Brieftasche geben würden, bevor er Sie darum... äh... bittet?"

„Genau!"

„Ein Landstreicher?"

„Im Gegenteil. Ein elegant gekleideter Herr... zu elegant... mit düsterem Gesichtsausdruck und südlichem Akzent. Marseille, würde ich sagen."

„Haben die beiden Sie gebeten, Stillschweigen über den Unfall zu bewahren?"

Der Arzt wurde wieder sichtlich verlegen. Dann antwortete er:

„Ich fürchte, Sie bekommen von mir eine schöne Meinung, Inspektor! Aber um auch hier die Wahrheit zu sagen: Hätten die Kerle mir befohlen, den Mund zu halten, dann würde ich Ihnen nichts von dem Vorfall sagen. Und jetzt bin ich mir auch nicht mehr so sicher..." schloß er ängstlich.

Ich beruhigte ihn und bat ihn um eine Beschreibung des Verletzten. Sie paßte haargenau auf Frédéric Tanneur. Der Arzt fügte hinzu, der Mann habe einen Overall getragen, und seine Hände seien die eines Arbeiters gewesen.

Ich verabschiedete mich und suchte ein Bistro. Zweihundert Meter weiter zum Zentrum hin fand ich eins. Dort trank ich einen Weißwein und nutzte die Tatsache aus, daß mein Anzug fast neu war und nach englischem Tuch aussah. Er erlaubte mir, den Millionär zu spielen. Ich erkundigte mich bei dem Wirt, ob es hier in der Gegend was Hübsches zu mieten gebe. Zum Beispiel die Villa außerhalb, die wie ein Schloß aussehe... Nein, lachte der Wirt, er wohne zwar noch nicht lang in diesem Nest, aber eins könne er mir mit Sicherheit sagen: Das Schloß, wie ich es nenne, sei weder zu mieten noch zu kaufen: Es gehöre einem gewissen Monsieur Francis... Francis... Tja, den Nachnamen habe er leider vergessen. Ein Original sei er, ein Philanthrop, ein Erfinder, wenn man den Leuten hier glauben wolle...

Philanthrop? Ja. Genauso wie ich Polizeiinspektor war. Oder der Neffe von Rothschild.

* * *

Frédéric Tanneur hatte sich also in dem Waldschlößchen verletzt. Dort hatte er die geheimnisvolle Arbeit erledigt, für die Paoli ihn engagiert hatte. Ich mußte herauskriegen, um welche Arbeit es sich handelte. Am besten, ich käme bei dunkleren Lichtverhältnissen noch einmal hierher. Mit diesem Vorsatz fuhr ich nach Paris zurück.

Gegen vier, als ich mir über die bevorstehende Nachtwanderung Gedanken machte, klingelte das Telefon. Florimond Faroux war am Apparat. In seiner freundlichen Art bat er mich, in sein Büro zu kommen. Nein, weitere Erklärungen wolle er mir am Telefon nicht geben. Zwanzig Minuten später saß ich vor ihm.

„Kennen Sie einen Dr. Blavette... Blouvette... Verdammt, ist das 'n Name!“ fluchte er.

„Philippe Blouvette-Targuy“, half ich ihm aus. „Ja. Ein früherer Klient von mir.“

„Also, dieser Blouvette war hier.“

„Ich dagegen war vorgestern bei ihm. Er hat nämlich den Totenschein des kleinen Louis Béquet ausgestellt. Und Sie wissen ja, ich bin davon überzeugt, daß der Junge einem Verbrechen zum Opfer gefallen ist... wie Jean Tanneur."

„Ja, ich weiß. Der Arzt hat mir von Ihrem Besuch erzählt. Nachdem Sie gegangen seien, habe er lange nachgedacht, hat er gesagt. Ist er vielleicht ein bißchen bekloppt, der Doktor, genau wie sein Name?"

„Wie kommen Sie darauf?"

„Er hat weiter gesagt, er habe Ihnen gegenüber behauptet, es gebe keinen Zweifel an einem natürlichen Tod im Fall Louis Béquet. Hier, auf dem Stuhl, auf dem Sie jetzt sitzen, hat er seine Behauptung zurückgenommen und mich gebeten, eine Exhumierung zu veranlassen. Hörte sich wirklich an wie 'ne Bitte."

Ich bemühte mich nicht, meine Überraschung zu verbergen.

„Und? Was werden Sie jetzt tun?"

„Seiner Bitte entsprechen und eine Exhumierung der Leiche sowie deren Autopsie veranlassen."

„Komisch, komisch", murmelte ich. „Dabei war sich Blouvette seiner Sache völlig sicher..."

„Er hat mir einen Vortrag über Vergiftungen gehalten", seufzte Faroux. „Hab kein Wort verstanden. Nur daß es außer Arsen auch noch andere Gifte gibt und ein Arzt auch nicht unfehlbar ist. Beides wußte ich aber vorher schon... Er möchte, daß ein Arzt aus unseren Reihen seine Diagnose bestätigt."

„Wann wird das stattfinden?"

„Morgen oder übermorgen."

„Falls Louis Béquet ebenfalls vergiftet wurde, ist Frédéric Tanneur nicht mehr der einzig mögliche Schuldige, was?"

„Und warum nicht, wenn man fragen darf?"

„Tja, das weiß ich auch nicht so genau... Aber..."

„Wenn Sie's auch nicht so genau wissen, dann halten Sie besser die Klappe!" herrschte mich der Inspektor an. „Ich bin schon genug geladen, weil der Vogel abgehaun ist!"

„Immer noch nichts Neues in der Richtung?"

„Immer noch nicht."

Ich verabschiedete mich. Sollte die Autopsie Blouvettes Totenschein ungültig machen, würde es Faroux schwerfallen, dem Taxifahrer auch diesen Mord anzuhängen und ihn dadurch zum Menschenfresser des Jahres zu erklären.

Aber was hatte meinen früheren Klienten Dr. Blouvette-Targuy dazu veranlaßt, seine Meinung zu ändern und die Polizei um eine Autopsie der jungen Leiche zu bitten?

* * *

Der Taxifahrer, der mich um Mitternacht am Ortseingang von Malabry absetzte, ließ sich durch nichts dazu bewegen, auf mich zu warten. Er habe Frau und Kinder, und bei dieser unfähigen Polizei seien die Vororte nicht mehr sicher. Hörte sich an wie ein Echo von Catherine Larcher. Ich zahlte, und er fuhr zurück nach Paris.

Wie um mich in noch bessere Laune zu versetzen, ging ein Gewitter nieder, das schon den ganzen Tag in der Luft gelegen hatte. Der Wind blies mir fast die Ohren vom Kopf. In der Ferne hörte ich die Züge der Ringbahn.

Ich ging rasch auf Paolis Grundstück zu. In der Nähe des Schuppens schwang ich mich auf die Umfassungsmauer. Von den Bäumen tropfte es, aber das Blattwerk hielt den sturzbachartigen Regen ab. Das nützte mir allerdings herzlich wenig. Ich war schon auf die Knochen durchnäßt.

Weit und breit war kein Lichtschimmer zu sehen. Anwesen und Turm lagen ebenso dunkel da wie der Schuppen.

Ich sprang von der Mauer auf den aufgeweichten Boden. Einen Moment horchte ich in die Stille hinein, dann wagte ich mich weiter vor. Plötzlich wurde ein Lichtstrahl auf mich gerichtet. Wahrscheinlich ein Romantiker, der in dieser anheimelnden Atmosphäre von seiner Liebsten träumte. Ich hatte meinen Hut tief in die Stirn gezogen, so daß ich nicht geblendet wurde. In der Höhe der Taschenlampe vermutete ich das Gesicht des Nachtgespenstes. Ich ließ dem Kerl keine Zeit, den Mund zu öffnen. Mit meinem Revolver versetzte ich ihm einen jener Schläge, die einen Nachtwächter ins Krankenhaus befördern können. Er brach zusammen, doch die Natur hatte sich noch etwas Besonderes für ihn ausgedacht: Dort, wo sein Nacken landete, hatte sie einen Baumstumpf für ihn bereitgestellt. Es gab ein häßliches Geräusch. Ich vergewisserte mich, daß der Kerl nicht tot war, und suchte die Taschenlampe. Sie hatte sich vor Schreck von alleine ausgeknipst. Ich gab die Suche auf und kümmerte mich wieder um den Waldschrat, knebelte ihn mit meinem Taschentuch und fesselte seine Hände mit einem Strick, der leider zu kurz war, um dasselbe mit seinen Füßen zu machen. Nachdem das erledigt war, ohne daß ein zweites Gespenst aufgetaucht war, um nach dem Rechten zu sehen, schlich ich mich zu dem Schuppen.

Was ich durch eine Ritze sah, begriff ich nicht gleich auf Anhieb. Trotzdem, es war höchst interessant, obwohl es nichts mit Arsen zu tun hatte. Vielleicht hätte ich es besser verstanden, wenn ich etwas länger gewartet hätte. Aber ich wartete nicht länger. Ein riesiger Schäferhund, der in einem dunklen Winkel der Werkstatt lag, wurde unruhig und erhob sich. Im selben Augenblick hörte man lautes Gebrüll auf dem waldartigen Gelände. Ich nahm meine Beine in die Hand und versuchte in den folgenden Sekunden zu beweisen, daß Ladoumègue neben Nestor Burma die reinste Schnecke war.

Als ich die Mauer erreichte, war der Beweis erbracht. Jetzt mußte ich nur noch den Rekord im Hochsprung brechen. Hinter mir kam Bewegung in die Nacht. Ich weiß nicht mehr, wie ich's geschafft habe. Jedenfalls war es schade, daß die Schiedsrichter des Leichtathletik-Bundes in jener Nacht nicht im Bois de Verrières waren. Auf dem schlammigen Weg jenseits der Mauer sammelte ich meine Knochen einzeln wieder auf und nahm den Langlaufrekord in Angriff.

Die Nacht war schwarz wie Tinte. Es goß immer noch wie aus Kannen, aber Blitze zuckten keine mehr auf. In der Ferne hörte man den einen oder anderen Donner rollen. Der Rükkenwind half mir bei meiner Flucht.

Plötzlich hörte ich Schüsse hinter mir. Sollte ich von meinem nächtlichen Ausflug doch noch ein Souvenir mit nach Hause bringen? Meine Verfolger schossen aus allen Rohren, aber nach Gefühl in die Nacht. Ihr Gefühl trog sie nicht: An verschiedenen Körperstellen spürte ich heftiges Brennen. Schmerzverzerrt, nur von eisernem Willen getrieben, lief ich weiter. In meinen Ohren dröhnte es, vor meine Augen legte sich ein Schleier. Doch ich rannte weiter. Hätte nie gedacht, daß man mit soviel Blei im Körper so schnell laufen kann! Schwerkraft? Daß ich nicht lache! Ich hörte nur ein häßliches, metallenes Knirschen und dachte: ‚Gut, du bewegst dich noch! Deine Beine tragen dich!‘ Aber von wegen, meine Beine hatten sich selbständig gemacht, ließen mich einfach im Stich... Ich rollte vor ein riesiges, schnurrendes Monster, das mich aus tellergroßen, gelben Augen ansah. Das Monster wurde wütend, wie von weitem hörte ich es aufkreischen. Dann brach für mich zum zweiten Mal die Nacht herein.

12
Sportresultate und andere Verbrechen

Ich kam in dem Bett eines Hospitals wieder zu mir. Eine weißgekleidete Krankenschwester flatterte im Zimmer umher. Bei meinen ersten Sprechversuchen legte sie einen Finger auf ihre Lippen.

„Psst!“ machte sie lächelnd.

Die Tür öffnete sich, und herein kam Florimond Faroux, den schokoladenbraunen Hut auf Halbmast.

„Na, mein Lieber?“ rief er gutgelaunt. „Hab gehört, daß es Sie böse erwischt hat. Hat unser Tanneur was damit zu tun? Sie werden jetzt brav sein und mir alles erzählen! Betrachten Sie mich als Ihren großen Bruder. Sehen Sie, ich bin alleine gekommen, wir sind ganz unter uns. Keine Zeugen. Sie können sich aussprechen, sozusagen unter Freunden. Also, wo hat man Sie in ein Sieb verwandelt?“

„Porte d'Orléans“, flüsterte ich.

„Porte d'Orléans?“ Der Inspektor lachte. „Klar, deswegen sind Sie in Malabry unter die Räder eines Wagens der Bereitschaftspolizei geraten! Na ja... Und wer hat Sie so zugerichtet, an der Porte d'Orléans?“

Ich wollte eigentlich antworten, ich wisse es nicht, aber es kam kein Laut über meine Lippen. Zu schwach, zu kaputt. Faroux explodierte.

„Seit wir uns kennen, Nestor Burma, legen Sie es darauf an, mich wütend zu machen! Diesmal hab ich das Gefühl, ich werde Sie beißen.“

„Er ist noch nicht vernehmungsfähig, Inspektor“, hörte ich eine andere Stimme sagen.

Durch einen Schleier sah ich die sinnlichen Lippen der

Krankenschwester. Bevor ich das Bewußtsein verlor, dachte ich noch schnell, daß man sich bei der Auswahl des Krankenhauspersonals sehr viel Mühe gegeben hatte.

* * *

Paolis Leibwächter hatte mich wirklich übel zugerichtet. Erst mehrere Tage, nachdem die letzte Kugel aus meinem Körper entfernt worden war, erlaubten die Ärzte Besuche an meinem Krankenbett. Inzwischen hatte Florimond Faroux mehrmals sein Glück versucht, doch ohne Erfolg. Er war kein schlechter Kerl. Sein Menschenfresser-Gehabe konnte nur Anfänger täuschen. Wie ich später erfuhr, hatte er seine Kollegen von dem Märchen, das ich ihm serviert hatte, zu überzeugen versucht. Weiter erfuhr ich, daß die Autopsie der Leiche von Louis Béquet Dr. Blouvette-Targuys Diagnose... bestätigt hatte! Louis Béquet war eines natürlichen Todes gestorben. Und Tanneur blieb verschwunden.

Mir waren also einige Tage Ruhe vergönnt. Währenddessen passierte so einiges. Vor allem fand am letzten Sonntag im August das Autorennen in Montfleury statt.

Die Montagsausgaben der Zeitungen waren voll von Berichten und Bildern des berühmten Rennens. Ein sensationelles Foto in der Zeitschrift *Auto* – der Wagen Nr. 10 (Fahrer: Perrot) umgestürzt und brennend wie eine Feuerzangenbowle – nahm mir jede Hoffnung, meine tausend Francs wiederzusehen, die Zavatter für mich auf die Startnummer mit den besten Chancen gesetzt hatte. Wahrgenommen hatte die Chancen allerdings ein anderes Auto, ein anderer Fahrer und, vor allem, andere, die gewettet hatten. Sie alle lachten sich ins Fäustchen. Doch trotz meines Verlusts mußte auch ich leise lachen. Das Foto mit dem brennenden Wagen war offensichtlich vor dem Rennen aufgenommen worden. Denn sonst hätte Monsieur Jamin, Perrots Chef, nicht so fröhlich in eine andere Kamera gelächelt. Jemand anders dagegen hatte allen Grund, übers ganze Gesicht zu strahlen: Der Chef des Fahrers Fernand Duval, dessen Wagen Nr. 5 ihm die hübsche Summe von 150000 Francs eingefahren hatte. Aber wo war der Glückliche?

Ja, wo war er denn? Gab es denn nirgendwo ein Foto von ihm?

Nein, nirgendwo!

Er mußte ein bescheidener Mann sein. Bescheiden und weise. Wurde denn wenigstens sein Name veröffentlicht? Das Überfliegen der Resultate in den Kurznachrichten gab Auskunft:

Start-Nr. 5: Fahrer Fernand Duval; Besitzer Francis Paul.

Ich überlegte krampfhaft. Ganz langsam. Ich sah das Innere der Werkstatt im Bois de Verrières wieder vor mir. Fernand Duval! Es war wirklich zum Lachen. Duval! Warum nicht Dupont?

* * *

Als meine Tür für Besucher freigegeben wurde, versammelte sich die gesamte Mannschaft von *Fiat Lux* – außer Hélène – an meinem Bett. Meine Sekretärin ließ sich wegen Arbeitsüberlastung entschuldigen. Ich war ganz wild auf Neuigkeiten von Galzat.

„Stagnation an beiden Fronten“, sagte Reboul grinsend. „Hab einen kleinen Bericht geschrieben.“

Ich schob die Blätter unters Kopfkissen und gab kurz und knapp Auskunft über das, was mir zugestoßen war. Dann schmiß ich meine Leute höflich, aber bestimmt raus. Ich war noch zu schwach für längere Diskussionen. Eine Horde von Journalisten wollte mich interviewen. Ich erklärte mich einverstanden. Reklame muß sein. Wenn man im Geschäft bleiben will, darf man sich nicht hängenlassen. Weder Galzat noch Covet waren unter den wartenden Reportern. Von allen Seiten prasselten Fragen zu dem... Unfall auf meine armen

Ohren nieder. Ich speiste die Schreibtischtäter mit irgendwelchen Albernheiten ab. Ein ganz Pfiffiger wollte wissen, ob mir die Augenfarbe meiner Krankenschwester gefalle. Ein anderer zeigte auf den Kräutertee und andere ekelerregende Flüssigkeiten auf meinem Nachttisch und fragte, ob „das da" (entsprechende Grimasse) meinen Zustand nicht eher verschlechtere.

„Keine Ahnung", lachte ich. „Ich rühre das Zeug nicht an. Seit ich wieder selbständig trinken kann, bediene ich mich aus der Weinkiste unter meinem Bett. Hat mir Maître Jannet schicken lassen. Es ist korsischer Wein."

Man mußte kein Hellseher sein, um den eigentlichen Wohltäter zu erraten. Für solche Gesten war Paoli bekannt.

„Sie kennen Maître Jannet?"

„Wir sind sozusagen Milchbrüder, wenn ich mich mal so ausdrücken darf. Gehen durch dick und dünn. Sie können das in Ihren Artikeln ruhig schreiben. Im übrigen möchte ich Sie bitten, sich selbst von der hervorragenden Qualität des Weines zu überzeugen."

Das ließen sich die Herren nicht zweimal sagen. Nach den Flaschen die Fläschchen. Die Reporter sahen sich die Medikamente auf meinem Nachttisch an, um sich die barbarischen Namen einzuprägen. Mit dem Versprechen, „so was nie anzurühren", schwirrten sie wieder in ihre Redaktionen zurück.

Kurz darauf machte mir Catherine Larcher die Freude ihres Besuches, gefolgt von meinem Freund Julien Théron.

„Was für eine schöne Überraschung", rief ich mit meinem verführerischsten Lächeln.

Sekundenlang lag ihre zarte, kühle Hand in meiner fiebrigverschwitzten.

„Nett von Ihnen, daß Sie mich besuchen kommen! Dann sind Sie mir also nicht mehr böse, weil ich Privatflic bin? Oder sind Sie gekommen, um mich einmal k. o. zu sehen?"

„Aber hören Sie mal, Monsieur Burma!" protestierte sie.

Seit unserer letzten (und ersten) Begegnung war eine Veränderung in ihr vorgegangen. Ihre schönen Augen blickten sorgenvoll, nur einmal blitzten sie hart und böse auf. Eine seltsame Frau! Hatte sie die Liebe so sehr verändert? Da Reboul mir versichert hatte, daß zwischen ihr und Galzat nichts Wesentliches passiert war, dachte ich an einen dritten Verehrer. In diesem Augenblick wurde ich von einem Fieberanfall geschüttelt. In meiner Wahnvorstellung war ich selbst dieser Dritte. Welchen anderen Grund konnte sie für ihren Besuch haben?

Théron erzählte mir später, wie verlegen ich alle Anwesenden mit meiner leidenschaftlichen Liebeserklärung gemacht hatte.

* * *

Am selben Abend brachte der *Crépuscule* eine Sonderausgabe mit einer ellenlangen Schlagzeile heraus, die mich allerdings nicht sonderlich überraschte. So etwas in der Art hatte ich bereits erwartet.

SKANDAL BEIM AUTORENNEN – WAS UNTERSCHEIDET UNS NOCH VON AMERIKA? – MARSEILLE IST BEREITS CHICAGO – UND PARIS? – DAS RENNEN VON MONTFLEURY WAR MANIPULIERT – WAGEN GEDOPT – EXPERTEN IN SKANDAL VERWICKELT – STARTNUMMER 5 HAT PREIS DURCH BETRUG GEWONNEN – SCHWINDEL DURCH ZUFÄLLIGEN UNFALL AUFGEDECKT.

Endlich hatte der gute Marc Covet eine Möglichkeit gefunden, gegenüber seinem Konkurrenten René Galzat Punkte gutzumachen. Empört stigmatisierte er – man mußte es gelesen haben! – die unfairen Sportfreunde und Experten mit dem „elastischen Gewissen“. In dem Rennen von Montfleury der 2-Liter-Klasse hatte die Nr. 5 spielend über die Konkurrenz triumphieren können. Neben verschiedenen Veränderungen am Motor war der Hubraum vergrößert worden – aus gutem

Grund! Die Experten hatten sich wohlweislich gehütet, näher hinzusehen. Der Schwindel war nur durch einen Zufall aufgeflogen. Eine Kehrmaschine der Städtereinigung war mit dem Transporter des siegreichen Rennwagens kollidiert. Der Wagen hatte ziemlich viel abbekommen. Zufällig war ein Redakteur der *Grande Revue Sportive* in der Nähe. Der Mann war an einer Firma beteiligt, deren Wagen beim Rennen von Montfleury leer ausgegangen waren. Später erklärte er, er habe bereits bei Beendigung des Rennens seine Zweifel gehabt. Doch da er nicht zu dem verantwortlichen Expertenteam gehöre, sei es bei dem bloßen Verdacht geblieben. Der Unfall bot ihm nun die Gelegenheit, sich ein genaueres Bild zu machen. Und das machte er sich.

Es folgte eine Menge technischer Daten, von denen ich nichts kapierte, ebensowenig wie Marc Covet, der sie wohl irgendwo abgeschrieben hatte. Andere konnten mehr damit anfangen. Der siegreiche, jetzt schwer lädierte Wagen wurde auf Veranlassung des Redakteurs der *Grande Revue Sportive* von vereidigten Experten des Gerichts begutachtet. Danach gab es an dem Betrug keinen Zweifel mehr. Die in den Fall Verwickelten gaben zu, bestochen worden zu sein, wollten jedoch den Drahtzieher nicht nennen. Der Abendwind hatte ein Vögelchen mit einem Brief im Schnabel zu ihnen getragen. Der Transporter war von einem Spezialunternehmen gemietet worden. Der Fahrer, der bei dem Unfall unverletzt geblieben war, hatte vorsichtshalber die Flucht ergriffen.

Marc Covet – im allgemeinen so abgebrannt wie ich – rechnete mit geradezu masochistischer Freude den Profit des Betrügers vor. Außer der Siegprämie hatte der geheimnisvolle Drahtzieher das Geld kassiert, das Trottel wie ich auf die weniger glückliche Konkurrenz gesetzt hatten. Dabei hatte noch eine ganze Armee von „Buchmachern“ ihre Hände im Spiel gehabt. Covets Artikel endete:

Der Besitzer des „gedopten“ Wagens ist ein gewisser Francis Paul, sein Fahrer Fernand Duval. Beides Namen, die den

Sportfans nicht bekannt sind. Übrigens sind Paul und Duval spurlos verschwunden ...

Sollte ich meinen Freund mit den richtigen Namen und Adressen der Betrüger überraschen? Denn die waren mir so klar wie Kloßbrühe.

Die vielseitigen Kenntnisse von Frédéric Tanneur hatte Paoli sich zunutze gemacht, um den Rennwagen so richtig auf Touren zu bringen. Als ich den Taxifahrer zusammen mit zwei anderen Männern in dem Schuppen im Bois de Verrières um einen Wagen herumstehen sah, war ich nicht sofort darauf gekommen, daß sie dabei waren, den Wagen zu frisieren. Auch gab es für mich keinen Zweifel, daß der siegreiche Fahrer mit Tanneur identisch war. Die Erklärung für sein rätselhaftes Verschwinden! In meinen Augen und Überlegungen entkräftete das den Mordverdacht, unter dem der ehemalige Ingenieur stand.

Und konnte man Frédéric Tanneur verdächtigen, eine junge Frau namens Irma Denoyel am 28. August vergiftet zu haben? Als er mitten in den fieberhaften Vorbereitungen für das Rennen seines Lebens gesteckt hatte?

Irma Denoyel hatte sich nämlich an jenem Tag entschlossen, in einer besseren Welt nachzusehen, ob die Gehaltsforderungen von Stenotypistinnen dort auf ein geneigteres Ohr treffen als auf Erden. Ich fasse die Berichte zusammen, die vom 29. August bis zum 2. September alle Morgen- und Abendausgaben der Zeitungen beherrschten:

Irma Denoyel, 28 Jahre, Stenotypistin, alleinstehend, wohnhaft in der Rue de Rivoli, hatte am 28. August ein Pfund Pralinen gekauft. Nach dem Verzehr einiger Kugeln fühlte sie sich so elend, daß sie ihre Nachbarn alarmierte. Die Ärzte im Hospital konnten nichts mehr für die junge Frau tun. Mademoiselle Denoyel starb am 29. Sie zeigte alle Symptome einer starken Arsenvergiftung.

Die übriggebliebenen Schokokugeln – etwa zwanzig – wurden analysiert. Einige waren aus der ursprünglichen Stanniolverpackung genommen und neu verpackt worden. Sie wiesen ein kleines Loch auf, durch das die tödliche Substanz eingespritzt worden war. Die Menge hätte genügt, eine Herde Ochsen umzubringen. Die Pralinen ohne Loch konnte man jedoch getrost und ohne Gefahr verschenken.

Die Pralinentüte trug keinerlei Hinweise auf das entsprechende Süßwarengeschäft. Und Irma Denoyel war nicht mehr dazu gekommen zu sagen, wo sie die Kugeln gekauft hatte. Doch anders als in Saint-Ouen entdeckten die Spürhunde der Kripo auf dem Silberpapier die Initialen G und L.

Gutt und Lambert, die renommierten Süßwarenfabrikanten an der Avenue de l'Opéra, sagten aus, sie zeichneten ihre Waren – als Qualitätsgarantie – mit ihren Initialen aus. Doch alle Süßigkeiten – Bonbons, kandierte Früchte oder auch Pralinen – verließen ihren Betrieb in luxuriös ausgestatteten Dosen oder Schachteln. Niemals jedoch einzeln oder in solch geschmacklosen Tüten wie der, die man ihnen gezeigt hatte.

Da der Fall gewisse Parallelen zu der Vergiftung von Saint-Ouen aufwies, wurde Inspektor Faroux auch hiermit betraut. Er ließ sich die Liste aller Geschäfte geben, die von Gutt und Lambert beliefert wurden. Keiner der Angestellten dieser Geschäfte erkannte in Irma Denoyel eine frühere Kundin wieder. Zwischen ihr und der Firma G & L ließ sich keine Verbindung herstellen. Genausowenig wie zwischen ihr und Fred Tanneur. Durch die Vergiftung schien der Taxifahrer aus dem Schneider zu sein. So lautete jedenfalls der Tenor der Presse. Im *Crépu* schrieb René Galzat einen Artikel über den Fall, ohne zur Aufhellung etwas beizutragen. Seine Artikel waren eher mittelmäßig. Vielleicht hatte er jedoch eine Bombe in der Schublade. Dem Kerl war einfach alles zuzutrauen!

Als ich am Abend des 2. September einschlief, traten die polizeilichen und journalistischen Ermittlungen auf der Stelle.

* * *

Ich schlief schlecht, mußte immerzu an René Galzat denken. Gleich nach dem Aufwachen stürzte ich mich auf Rebouls Bericht. Viel stand nicht drin, nur daß die Herzensangelegenheiten des Journalisten nicht so recht in Gang kamen. Catherine war sehr beschäftigt, selten zu Hause, meistens mit ihrem Wagen unterwegs – ohne Galzat. An drei Abenden waren sie zusammen aus gewesen. Jedesmal hatte sie ihn vor ihrer Haustür verabschiedet, so daß er unverrichteter Dinge – genau das richtige Wort! – abziehen mußte. Nicht mal die Garage durfte er betreten. Dagegen war mein Feind häufiger Gast bei Dr. Blouvette-Targuy, dem Freund seines Vaters. Darüber hinaus trieb er sich auffallend oft in der *Bibliothèque Nationale* rum, wahrscheinlich aus beruflichen Gründen.

Meine erzwungene Untätigkeit ging mir immer mehr auf die Nerven. Ich fragte die Krankenschwester, wie lange ich wohl noch die Rolle der Kameliendame spielen müsse.

„Mindestens noch drei Tage", war die Antwort.

„Aber ich kann doch schon aufstehen?"

„Mindestens noch drei Tage", wiederholte sie unbeirrt.

Schlagartig stieg die Quecksilbersäule meines Fieberthermometers. Ich fühlte mich plötzlich wieder hundsmiserabel, schwörte denen, die für meinen Zustand verantwortlich waren, ewige Rache und unternahm den Versuch, Thomas Jannet aus meiner Klause zu schreiben. Nach mehreren Versuchen bekam der Brief folgendes Aussehen:

Verehrter Maître,

ich habe mich entschlossen, den Beruf des Detektivs aufzugeben. Ich werde Journalist. Das ist der einzige Weg, Leute wie Galzat mit ihren eigenen Waffen zu schlagen. Mein Freund Marc Covet quält sich im Moment mit dem Skandal von Montfleury ab. Ich könnte einen Artikel darüber beisteuern. Schlagzeile und Untertitel habe ich bereits im Kopf. Und Sie wissen ja, in diesem Job ist die Schlagzeile das A und O. Ich bitte Sie – als rhetorikbegeisterten Advokaten! – um Ihre Meinung. Hier der Text:

DIE BETRÜGER VON MONTFLEURY, FRANCIS PAUL UND FERNAND DUVAL, HEISSEN IN WIRKLICHKEIT PAOLI UND TANNEUR. DER EINE IST DER STADTBEKANNTE GANGSTER, DER ANDERE STEHT UNTER VERDACHT, SEINEN EIGENEN SOHN ERMORDET ZU HABEN.

Was halten Sie von meinem Entschluß, eine journalistische Karriere in Angriff zu nehmen? Glauben Sie, ich habe Erfolgschancen? Übrigens, ich danke Ihnen für Ihre liebevolle Fürsorge. Der korsische Wein ist vorzüglich! Ich hoffe, bald entlassen zu werden. Doch wieviel verlorene Zeit! Und Zeit ist Geld! Ungefähr 25 000 Francs.

Mit vorzüglicher Hochachtung
Ihr
Nestor Burma

Ich steckte den Brief in einen Umschlag, klebte diesen zu und eine Marke drauf und gab ihn der Krankenschwester, die gerade abgelöst wurde.

* * *

Ich stand. Zwar auf etwas wackligen Beinen, aber ich stand. Am frühen Nachmittag kam Julien Théron mich besuchen. Der Maler weiß immer, womit er mir eine Freude machen kann, und so hatte er Catherine Larcher mitgebracht. Sofort redete ich von dem neuen Giftmord, obwohl sich außer mir so recht niemand dafür zu begeistern schien. Manchmal fehlt es mir eben an Taktgefühl und Sensibilität. Ich sagte zu der jungen Frau, daß ich mich über ihr Desinteresse wunderte, da ich ihr leidenschaftliches Interesse für diese Art von Verbrechen noch gut in Erinnerung hätte. Wie habe sie noch gelautet, ihre Theorie über die dunklen Machenschaften ausländischer Anarchisten? Jetzt sei es erwiesen: Gutt und Lambert behandelten ihre Produkte, um alle Schleckermäulchen von Paris nach und nach zu vergiften!

Mein Scherz kam nicht so gut an, und bald darauf verabschiedeten sich meine Gäste.

Im selben Augenblick tauchte im Türrahmen eine Gestalt auf, die ich am wenigsten erwartet hätte: Dr. Blouvette-Targuy gab mir die Ehre!

„Hübsches Kind, nicht wahr?" sagte ich augenzwinkernd, da ich seinen bewundernden Blick gesehen hatte.

Er gab mir die Hand.

„Ja, ganz nett. Kennen Sie sie? Sieht aus wie 'ne Irre."

„Mehr oder weniger. Das ist gleichzeitig die Antwort auf ihre Frage und auf Ihre Beurteilung. Würde sie liebend gerne besser kennenlernen."

„Vom ärztlichen Standpunkt aus befürchte ich fast eine Gegenindikation", bemerkte er.

„Aber mir geht's doch schon ganz prima!" protestierte ich. „Werde bald hier rauskommen... Und Sie, Doktor, wie geht es Ihnen?"

„Was? Ach so... Ja, ja, ganz gut."

„Was verschafft mir das Vergnügen?"

„Einer meiner ehemaligen Kommilitonen ist in diesem Hospital beschäftigt, und da ich was mit ihm zu besprechen hatte, hab ich gedacht, ich schau mal bei Ihnen rein. Entschuldigen Sie den Überfall..."

Er zog einen Stuhl an mein Bett und setzte sich. Die Märchenstunde konnte beginnen. Ich erzählte ihm von meinem „Unfall". Hatte das Gefühl, daß er sich nicht sonderlich um meine Gesundheit sorgte, sondern wegen etwas ganz anderem gekommen war.

„Na, Gott sei Dank haben Sie's überlebt", sagte er zerstreut. „Das ist die Hauptsache."

„Ja."

„Dann können Sie ja bald wieder loslegen."

„Loslegen?"

„Ich meine, Ihrer Arbeit nachgehen. Übrigens... Was... äh... Was halten Sie von den mysteriösen Vergiftungen?"

Deswegen war er also gekommen!

„Im Moment gar nichts", antwortete ich. „So festgenagelt, wie ich bin..."

„Ich hab um eine Autopsie der Leiche von Louis Béquet gebeten", fuhr er fort, während er sich im Zimmer umsah. „Ihre hartnäckige Fragerei neulich hat mich doch etwas beunruhigt. Auch wir Ärzte können uns irren, schließlich sind wir nur Halbgötter, hahaha... Ich wollte Klarheit haben."

„Und? Haben Sie die jetzt?"

„Wissen Sie das nicht? Die Kripo war sehr hilfsbereit. Hat ohne weiteres meiner Bitte entsprochen. Nein, ich hatte mich nicht geirrt."

Hörte sich an, als bedaure er, daß er sich nicht geirrt hatte. Ich mußte lachen.

„Sie sagen das so komisch! Wär's Ihnen lieber gewesen, der Junge wäre einem Verbrechen zum Opfer gefallen wie sein Freund Jean Tanneur?"

Mein Besucher lachte gekünstelt.

„Und Sie wollen das Hospital verlassen? Ich habe eher den Eindruck, Sie haben sich noch nicht von Ihrem Schock erholt, Monsieur Burma! Wundert mich nicht, bei dem Zeug, das man Ihnen verschrieben hat..."

Er nahm ein Medikamentenfläschchen von meinem Nachttisch, schraubte es auf und schnupperte daran.

„Dreckszeug", murmelte er.

Nur wenige Dinge und Personen fanden Gnade vor den Augen des Arztes. Doch auch wenn er viele Leute für Idioten hielt, so gelang es ihm nicht in überzeugender Weise, haarigen Themen auszuweichen. Nun, ich wollte nicht weiter auf der Autopsie herumreiten. Er war es, der wieder darauf zu sprechen kam:

„Es wäre eine gute Reklame für Ihre Agentur, wenn Sie die Vergiftungsfälle lösen könnten."

„Falls ich Sie jemals lösen könnte", ergänzte ich skeptisch.

„Sie lösen doch alle Fälle", schmeichelte er mir.

„Aber nicht mit Blei im Körper", widersprach ich. „Doch haben wir ja noch einen anderen Sherlock Holmes in der

Reserve. Ich meine Monsieur Galzat, den Sohn Ihres Freundes."

„René? Er war mehrmals bei mir. Hat aber nicht viel erzählt."

„Er weiß, wann er schweigen muß. Das ist das einzige, was uns verbindet. Ich bin sicher, er kümmert sich um den Fall und nutzt meinen Unfall aus, um ihn zu einem bravourösen Ende zu bringen."

„Würde mich wundern."

„Mich nicht."

Er stand auf, setzte sich dann aber wieder. Offensichtlich wollte er mir noch etwas Wichtiges sagen, kam aber nicht dazu. Das Auftauchen von Reboul und Jacques Bressol, dem Zeitungsjungen, verschlossen ihm endgültig den Mund. Er stand wieder auf und verabschiedete sich, nicht ohne seine Einladung zum Abendessen zu wiederholen. Er hoffe doch, daß ich das Hospital bald verlassen dürfe.

Das hoffte ich auch. Denn um einen klaren Gedanken fassen zu können, brauchte ich eine andere Umgebung als dieses weißgetünchte Zimmer.

„Was machen Sie denn hier?" fuhr ich Reboul an, als der Arzt gegangen war. „Sollten Sie nicht Galzat beschatten?"

„Wir haben seine Spur verloren", gestand mein Mitarbeiter kleinlaut.

„Ach ja? Na, wir werden trotzdem wissen, was er so treibt. Aber einem Profi wie Ihnen dürfte so was eigentlich nicht passieren! Und daß Sie hierherkommen, um mir die Panne zu beichten, ist bereits Ihr zweiter Fehler! Jaja... Und einen Entlastungszeugen haben Sie auch gleich mitgebracht? Wo haben Sie unseren Gangster aufgegabelt?"

Jacques Bressol hob zur Begrüßung die Hand, und ich konnte das schmutzige, zerrissene Futter seines rechten Ärmels bewundern.

„Nur 'ne Minute, Burma", sagte er. „Muß sie was fragen."

„Er ließ sich nicht abschütteln", warf Reboul entschuldigend ein.

„Nicht so wie Sie“, stellte ich fest.

„Also, Gangster, was gibt’s? Mach’s kurz.“

„Sind Sie aber dynamisch“, lachte der Junge.

„Verarsch mich nicht! Was willst du?“

„Wissen, wie alt man sein muß, um bei Ihnen anfangen zu können.“

Ich verlor meine Beherrschung. War nicht in der Stimmung, mir dummes Zeug anzuhören. Meine Rechte landete am Kinn des Halbwüchsigen. Er sah nach, ob die Putzfrau heute morgen auch in der gegenüberliegenden Zimmerecke saubergemacht hatte.

„Entschuldigung“, murmelte ich sofort.

„Schon o. k.“, knurrte Bressol, als er sich wieder hochrappelte. „Aber ich hau besser ab.“

„Hat’s sehr weh getan?“

„Nein, nein, überhaupt nicht! Meinen Sie, Sie hätten mir ’n Tausender an den Kopf geworfen?“

Ich mußte lachen.

„Wollte nur ausprobieren, ob ich wieder in Form bin“, sagte ich. „Danke, daß du dich für den Test zur Verfügung gestellt hast. Und jetzt red schon!“

„Nicht für ’ne Million würd ich bei Ihnen einsteigen!“ fauchte er. „Wenn Sie nicht grade Ihre Leute zur Sau machen, polieren Sie ihnen die Fresse. Vielen Dank!“

Er rannte hinaus.

„Ach, geh doch zum Teufel!“ rief ich ihm hinterher.

Die Tür ging wieder auf, aber es war die Krankenschwester.

„Was ist denn hier los?“ fragte sie besorgt.

Wir waren wohl im Laufe unserer Unterhaltung etwas lauter geworden. Statt einer Antwort auf ihre Frage teilte ich ihr mit:

„Egal, was die Ärzte sagen, morgen um 11 Uhr bin ich hier weg! Wenn ich noch vierundzwanzig Stunden in diesem Bau verbringen muß, bleibt kein Stein mehr auf dem anderen!“

Sie sagte nichts, doch ihr Blick sagte alles: Sie glaubte mir aufs Wort. Und noch etwas las ich in ihren Augen: Wenn ich mich so aufführen wolle, dann, bitte schön, woanders!

* * *

Es war der Tag der Überraschungsbesuche. Gegen vier, als es im Hospital ganz ruhig war, kam René Galzat. Dank eines hier beschäftigten Freundes hatte er die starren Besuchszeiten umgehen können. Der Journalist machte ein Gesicht wie die Vorsitzende eines Wohltätigkeitsvereins, der man soeben unanständige Bildchen verkaufen will.

„Welch schöne Überraschung!“ rief ich ihm entgegen. „Wollen Sie sich überzeugen, ob ich mich wieder verteidigen kann, oder brauchen Sie einen Rat?“

Sein Blick wurde noch düsterer. Die Gauloise in seinem Mundwinkel zitterte.

„Sie lassen mich seit einigen Tagen überwachen“, stieß er hervor.

„Ach! Haben Sie's bemerkt?“

„Bin ja nicht blind.“

„Zeitweise waren Sie's. Und?“

„Ich will wissen, was das zu bedeuten hat!? Sicher, meine Artikel in der Zeitung könnten den Eindruck erwecken, wir wären über Kreuz. Aber Sie wissen doch sehr gut, daß das nicht stimmt!“

„Eben das weiß ich nicht“, gab ich zurück. „Im Gegenteil! Mit welchem Fall beschäftigen Sie sich im Augenblick? Sind es nicht die vergifteten Pralinen, auf die ich Sie gebracht habe, um Ihre Fairneß – Ihr Wort, Herr Kollege! – zu überprüfen? Ja, nicht wahr? Danke, das reicht... Ich habe Sie durchschaut, Freundchen! Sie nutzen meine erzwungene Ruhepause aus, um Punkte zu sammeln. Aber Vorsicht! Dynamit-Burma gewinnt im allgemeinen durch k. o.!“

„Ausnahmen bestätigen die Regel!“

„Wirklich?... Aber mal was anderes: Sie wollten besonders pfiffig sein und meinen Ruf ruinieren. Wenn ich auch nicht

Ludwig XIV. und somit nicht der Staat bin, so dulde ich dennoch keinen Umsturzversuch! Es geht nicht nur um meinen Ruf und den meiner Agentur, sondern – und vor allem! – auch um mein täglich Steak und das meiner Angestellten! Doch das ist noch nicht alles! Zwischen uns herrscht auch auf privater Ebene Krieg. Sie haben sich an eine Frau rangeschmissen, mit der ich gerne drei Worte gewechselt hätte…“

„Was für Worte?“

„Was für Worte sagt man normalerweise zu einer so schönen Frau wie Catherine Larcher? Wollen Sie Nachhilfeunterricht nehmen?“

Sein Unterkiefer zitterte aggressiv.

„Fassen Sie Catherine nicht an!“ zischte er.

„Wer redet von anfassen? Sorgen Sie sich etwa um die Tugend der Dame?“

Er machte eine ungeduldige Handbewegung.

„Lassen wir das… Sie waren von Anfang an mein Gegner, stimmt's?“ fragte er in verändertem Tonfall.

Ich zuckte die Achseln.

„Ich habe gar nichts gegen Sie persönlich. Ich verteidige nur meinen Ruf. Nein, gegen Sie persönlich habe ich nichts“, wiederholte ich. „Sie haben sich da auf was Übles eingelassen, Galzat! Wenn Sie so weitermachen, enden Sie noch als Flic. Ich versuche nur, Sie von dieser beklagenswerten Berufung abzubringen. Ein Freundschaftsdienst, sozusagen.“

„Sind Sie vielleicht keiner?“

„Kein was?“

„Kein Flic!“

„Oh nein! Ich bin Privatdetektiv, und das ist ein großer Unterschied. Mein ganzes Leben dient nur dazu, diesen Unterschied zu demonstrieren.“

„Dann sind die Fronten also geklärt“, schloß der Journalist und warf seine Kippe in den Aschenbecher, der mir inzwischen genehmigt worden war. „Ist mir auch lieber so! Offener Krieg! Ich werde Ihnen Ihren Titel abjagen, Nestor Burma! Schon bald bin ich der Mann, der das Geheimnis…“

„Dann halten Sie sich ran, mein Freund", unterbrach ich lachend seine Zukunftsvision. „Morgen komm ich nämlich hier raus, und dann rappelt es, darauf können Sie sich verlassen!"

Er verließ das Zimmer, gefolgt von meinem Gelächter. Ich schüttete mich aus vor Lachen. Es gab auch allen Grund dazu. Warum sollte es morgen mehr rappeln als heute? Die Nebelschleier würden sich auch nicht durch meine Entlassung aus dem Hospital lüften. Ich konnte nur auf einen Wetterumschwung hoffen.

13
Der Menschenfeind

Unsere Dichter wollen uns weismachen, daß sie jederzeit bereit wären, aus Liebe zu ihrer Angebeteten das Matterhorn auf Händen zu besteigen oder den Mond mit ihren Zähnen zu schnappen... und festzuhalten. Alles Quatsch! Ich zum Beispiel war schon immer unsterblich in Ginger Rogers verliebt gewesen; trotzdem wäre es mir im Augenblick nicht möglich gewesen, auch nur einen Tanzschritt mit ihr zu wagen. Als ich meine Agentur betrat, wurde mir schwindlig und ich war alles andere als sicher auf den Beinen.

„Sieht nicht grade blendend aus, was?" empfing mich Hélène. „Kommen Sie, Chef, setzen Sie sich! Ich habe zwei Neuigkeiten für Sie, die Sie sofort wieder in Bestform versetzen werden. Hier, zuerst fünfundzwanzigtausend Francs! Der Geldbote sah zwar aus wie'n Sträfling, aber..."

„Was interessiert mich die Verpackung", fiel ich ihr ins Wort, während ich bereits das Geld zählte. „Hauptsache, die Scheine sind echt."

„Und zweitens hab ich endlich die Akte Blouvette-Targuy gefunden."

„Was steht drin?"

„Werd's Ihnen lang und breit erzählen. Übrigens sind es zwei Akten."

Ihre schönen Augen leuchteten. Es mußten ja interessante Dinge sein, die sie für mich bereithielt!

„Nun machen Sie schon", drängte ich ungeduldig.

„Also... Vor einigen Jahren bat uns Dr. Blouvette-Targuy, in Büchereien und Bibliotheken, auch in privaten, nach den Ausgaben eines Buches zu suchen, das er in seiner Jugend verfaßt hatte und auf das er nicht mehr sehr stolz war. Wir haben einige Exemplare aufgetrieben, die er dann sofort vernichtet hat. Denn mit Jugendliteratur hatte das absolut nichts zu tun. Wenn seine Patienten davon erfahren hätten, hätten sie bestimmt den Arzt gewechselt..."

„Woher wissen Sie..."

„Wir haben ein Exemplar aufbewahrt. Ich hatte es mit nach Hause genommen und total vergessen. Gestern fiel es mir wieder in die Hände. Hier ist es! Schon nach oberflächlicher Lektüre würden Sie sich lieber mit ihrer Krankheit – Scharlach oder sonst was – abfinden, als sich in die Hände des Verfassers zu begeben!"

Sie reichte mir eine Art Broschüre mit verblaßtem Einband und vergilbter Schrift. Der Titel lautete *Über die nötige Sauberkeit. Eine Streitschrift von P. Bloutard* – eine Zusammenfassung von *Blou*vette-*Tar*guy –, *Student der Medizin. Toulouse 1920.*

Es handelte sich um eine Sammlung von Aufsätzen, die nicht etwa für reinlichkeitsbesessene Hausfrauen geschrieben worden waren. Nein, es war eine beißende Kritik an der Gesellschaft im allgemeinen und am Menschen im besonderen. Voller Menschenfeindlichkeit. Eine wüste Zitatensammlung von Ravachol, Nietzsche, Lacenaire und Fantomas. Die Erde war demnach von Halunken, Betrügern und Idioten bevölkert, von denen sie, die Erde, sich um jeden Preis befreien müsse. Achtzig Prozent der Menschen seien zu eliminieren! Der angehende Mediziner rief alle verfügbaren und verantwortlichen Kräfte zum Handeln auf. Nach dem „Großreinemachen", wie er es nannte, werde auf der Welt die Sauberkeit herrschen, die er für nötig erachtete.

Eine regionale Tageszeitung hatte sich daraufhin entrüstet zu Wort gemeldet, und zwischen dem betreffenden Journalisten und dem Studenten hatte sich eine Kontroverse entwikkelt, die in der Broschüre ebenfalls abgedruckt war. Der Journalist wunderte sich, daß ein Mensch mit solchen Ideen weiterhin an der Medizinischen Fakultät studiere und obendrein noch als ausgezeichneter Schüler gelte. Sei die Wahl dieses Berufes im allgemeinen nicht ein Beweis besonderer Liebe zum Nächsten? (Ja, Sätze hatte er in der Feder, dieser Journalist!) Blouvette-Targuy hatte allen Ernstes geantwortet, nicht um zu heilen habe er dieses Studium gewählt, sondern um zu töten.

Das waren nun wirklich starke Worte! So stark, daß selbst der jugendliche Autor es gemerkt und seine Worte ein paar Tage später wieder zurückgenommen hatte. An seiner Theorie jedoch hatte er festgehalten.

„Ein angenehmer Zeitgenosse!“ rief ich.

„Ein Feind des Menschengeschlechts!“ präzisierte Hélène.

„Der geborene Diktator! Augenblicklich gibt es in Europa drei oder vier Staatschefs, die so ähnlich denken... Was halten Sie von dem Kram?“

„Ich bin nur eine bescheidene Sekretärin“, antwortete sie lächelnd. „Aber Sie, Chef, was denken Sie?“

„Daß Sie sehr wohl eine Meinung haben! Aber schön, ich werde Ihnen meine auseinanderlegen. Das Ganze kommt mir vor wie ein Studentenulk. Der junge Blouvette-Targuy als Bürgerschreck. Ja, er wollte die Bürger von Toulouse mit diesem Schwachsinn erschrecken... oder sich an seinen Kommilitonen rächen. Die haben sich bestimmt über seinen komischen Namen lustig gemacht. Na ja, und später dann, inzwischen als niedergelasssener Arzt, wollte er seine Jugendsünde ausradieren. Ich frage mich nur, warum mir das Machwerk damals nicht weiter aufgefallen ist...“

„Das war ungefähr zu der Zeit, als Sie wegen dem Geheimnis von *La Globule*, dem Blutkörper, Blut und Wasser geschwitzt haben.“

„Ach ja? Verstehe... Und jetzt Sie! Ihre Meinung?“

„Bis vor kurzem war sie noch identisch mit Ihrer. Inzwischen hat sich das geändert. Nach der Lektüre der Broschüre habe ich mich ein wenig umgehört, und dabei ist mir aufgefallen... Ich habe festgestellt, daß der Arzt ein angenehmes Äußeres besitzt. Die Frauen in seiner Umgebung sind ganz weg, wenn sie nur seinen Namen hören. Er war in einen Fall verwickelt, mit dem wir vor ein paar Monaten zu tun hatten. Ein Klient ließ durch uns seine Ehefrau überwachen, die für seinen Geschmack etwas zu häufig in die Sprechstunden von Dr. Blouvette-Targuy lief. Nachweisen konnten wir ihr nichts, und so verlief die Sache im Sande. Aber wie heißt es noch so schön? Wo Rauch ist, ist auch Feuer! Vielleicht hatte die Geschichte weder Hand noch Fuß, aber die folgende hat beides, Hand *und* Fuß: Vor vier Monaten war Madame Blouvette-Targuy sehr krank. Nichts Genaues weiß man nicht, aber angeblich soll ein Mordversuch eine Rolle gespielt haben. Ein Giftmordversuch, genauer gesagt. Vergifteter Kuchen…"

„Das ist ja interessant! Und Sie nehmen an, daß es den kleinen Jean Tanneur und die etwas größere Irma Denoyel nur aus Versehen erwischt hat, hab ich recht?"

„Daß der umschwärmte Arzt die menschenverachtende Theorie seiner Jugend in die Tat umsetzt, das nehme ich an!"

„Im Falle Tanneur mag das hinhauen. Das Monster vergißt absichtlich die vergifteten Pralinen im Taxi und hofft, daß jemand sie ißt. Im Falle Irma Denoyel jedoch…"

„Noch ist nicht bekannt, wo sie die tödlichen Pralinen gekauft hat. Vielleicht hat sie die Tüte ja auch vor ihrer Haustür gefunden… oder jemand hat ihr die Schokolade geschenkt."

„Tja… Der Bekanntenkreis der Toten ist doch sicher durchleuchtet worden?"

„Und keine Spur führt zu Dr. Blouvette-Targuy, wenn Sie das meinen."

„Hören Sie, Hélène. Ich würde nur zu gerne den Mörder finden, irgendeinen. Wenn auch nur, um Galzat und Faroux eins auszuwischen. Aber ich habe das Gefühl, daß wir im Moment auf dem Holzweg sind. Das verwendete Gift stört mich. Arsen! Stellen Sie sich vor: Ein intelligenter Mann – darüber hinaus auch noch ein Arzt, was kein Widerspruch sein muß – verwendet Arsen, das Gift der Dummen, wenn ich das mal so sagen darf, das Gift nämlich, das hundertprozentig in der Leiche des Opfers gefunden werden kann, auch noch mehrere Jahre nach seinem Tod!"

„Der Mörder schlägt blind zu, ohne konkreten Haß, wenn Sie verstehen, was ich meine. Ihm ist es doch egal, daß die Polizei sofort auf ein Verbrechen schließt!"

„Das ist ihm überhaupt nicht egal", widersprach ich. „Er will seinen Plan konsequent durchziehen. Öffentliches Großreinemachen, Sie erinnern sich... Da kann es nicht in seinem Interesse liegen, daß die Flics gleich bei den ersten Opfern auf Touren kommen. Das ist doch logisch."

„Aber das ist es ja eben! Der Mann ist ein Monster, und Monster denken nicht logisch. Sonst hätte er nicht so bestialische Ideen verbreitet."

Sie wies auf die Broschüre.

„Bestialisch?" rief ich aufgeregt. „Haben Sie ‚bestialisch' gesagt? Großer Gott, Hélène, erinnern Sie sich an meinen Besuch bei Blouvette? Ich saß mit Galzat im Wartezimmer, und bei der Gelegenheit wurden wir Ohrenzeugen eines Streites. Der Arzt hat eine Frau rausgeworfen. Sie sagte: ‚Das ist bestialisch!' Wußte sie Bescheid? Bezog sich das Wort auf Blouvettes Untaten? Jean Tanneur war am selben Morgen gestorben. Als ich dem Arzt gegenüber das Wort ‚Arsen' erwähnte, wurde er verlegen und stotterte herum..."

„Das Schönste kommt noch, Chef! Das Schönste sind doch für Sie die Frauen, stimmt's? Also: Madame Blouvette-Targuy ist eine geborene Larcher. Catherine Larcher, Thérons Freundin und Galzats unerreichbarer Schwarm, ist die Schwägerin unseres schönen Doktors."

„Was?"

Meine Pfeife, die ich mir gerade anzünden wollte, flog in eine Ecke des Büros.

„Was?"

Ich sprang auf.

„Was?"

Ich mußte den Eindruck eines Irren machen: hervortretende Augen, offener Mund, aus dem ein immer lauteres

„Was?" kam. Aber der Eindruck täuschte. In meinem Hirn arbeitete es fieberhaft. Wenn man mir in diesem Moment ein rohes Ei auf den Kopf gelegt hätte, wär's im Nu hartgekocht gewesen.

„Wissen Sie was?" brachte ich endlich hervor. „Der Wagen, der vor Blouvettes Haus stand, diese Luxuslimousine, das war der Wagen von Catherine Larcher, jetzt fällt mir das auf! Hab mich gleich gefragt, wo ich den Schlitten schon mal gesehen hatte... Vor Blouvettes Haustür, verdammt! Und die Frau, die er rausgeschmissen hat, war Catherine... Die weiß was... Und Galzat, diese Kanaille, weiß, daß sie was weiß... Vom Schürzenjagen mal abgesehen, deswegen will er nicht, daß ich Catherine ‚anfasse', wie er es nennt... Wenn da was rauszukriegen ist, will er es sein, der was rauskriegt, und zwar nur er alleine! In den letzten Tagen war er häufig bei Blouvette und in der *Bibliothèque Nationale*... Er ahnt was, bestimmt! Oder er weiß schon was... Rufen Sie Laguerre an, den Bibliothekar. Er wird doch wissen, ob sie ein Exemplar der *Nötigen Sauberkeit* haben."

Hélène wählte die Nummer der *Bibliothèque Nationale* und ließ sich mit Laguerre verbinden. Als sie ihn endlich an der Strippe hatte, stellte sie die entscheidende Frage. Ein paar Minuten später hatte sie die Bestätigung. Ob das Buch in den letzten Tagen ausgeliehen worden sei? Ja, von einem gewissen René Galzat, war die Antwort.

„Dieser scheinheilige Hund!" schimpfte ich. „Weiß genausoviel wie wir... wenn nicht mehr! Wäre ich noch ein paar Tage länger im Hospital geblieben, hätte er mich in die Pfanne gehauen!"

Das Telefon unterbrach meine Haßtiraden. Hélène ging ran.

„Hallo?... Ach, guten Tag, Inspektor."

Sie warf mir einen fragenden Blick zu. Ich schüttelte den Kopf.

„Monsieur Burma ist leider nicht da, Inspektor... Möchten Sie... Ach... Ja?... Wie bitte?"

Mit weitaufgerissenen Augen hörte sie Faroux zu, ohne ihn zu unterbrechen. Als sie auflegte, war sie weiß wie die Wand meines Zimmers im Hospital.

„Also ... Also nein ... wirklich!" stammelte sie.

„Was hat Faroux gesagt? Daß Sie die Frau seines Lebens sind? Oder daß er einen Haftbefehl gegen mich hat?"

Meine Sekretärin seufzte tief auf.

„Daß ein ... ein Kranker oder ... Na ja, irgend jemand im Hospital hat was von der Medizin eingenommen oder den Tee getrunken, der für Sie bestimmt war ... Er ist tot ... Arsen ... Tödliche Dosis ..."

* * *

Wir brauchten eine Weile, bis wir uns wieder beruhigt hatten. Dann noch eine, bis wir wieder klar denken und eine Hypothese entwickeln konnten.

„Nehmen wir einmal an, Blouvette-Targuy ist der Giftmörder", begann ich. „Er hat eine Larcher geheiratet, liebt aber vielleicht deren Schwester Catherine. Diese gibt ihm einen Korb. Schließlich ist er bereits verheiratet. Wenn er nun Witwer würde? Er versucht, seine Frau um die Ecke zu bringen. Ohne Erfolg. Die Wiederauferstandene riecht den Braten. Catherine ebenfalls. Er weiß, daß die Schwestern was wissen. Deswegen und wegen des gescheiterten Mordversuchs rastet er aus. Er erklärt dem gesamten Menschengeschlecht den Krieg, was ja mit den Ideen seiner Jugend in Einklang steht. Denn keine Tat ist willkürlich, Hélène, vergessen Sie das nicht! Wie jemand, der sich wichtig tun will und aller Welt erzählt, er wolle sich umbringen, mit hoher Wahrscheinlichkeit früher oder später einen Revolver gegen sich selbst richtet und abdrückt ... Unser Doktor verteilt also überall Pralinen. Wie? Das ist hier die Frage ... Und warum immer Pralinen? Weil er damit Kinder und Jugendliche erwischen kann, Menschen, die er, der langsam, aber sicher alt wird, ganz besonders haßt. Seine Schwägerin läßt ihm gegenüber durchblicken, daß sie durchblickt. Sie findet den Arzt bestialisch. Er schmeißt sie raus. Was ich allerdings nicht verstehe, ist, warum seine Frau weiterhin mit einem solchen Monster zusammenlebt. Und was ich noch viel weniger verstehe, ist, warum Catherine die Bestie nicht anzeigt. Gut, sie mag keine Polizisten, hält sie alle für unfähig..."

„Aber der Skandal", warf Hélène ein. „Sie legt bestimmt keinen Wert darauf, daß die Untaten ihres Schwagers bekannt werden."

„Natürlich nicht. Aber warum hat sie darauf bestanden, Galzat vorgestellt zu werden? Wo doch der Journalist sich im Moment wie 'n Flic aufführt, eine Gattung, die sie erklärtermaßen nicht mag! Haben Sie darauf auch eine Antwort, Hélène?"

Meine Sekretärin schüttelte den Kopf. Nein, sie hatte keine. Ich auch nicht. Wir ließen die Frage im Raum stehen und kamen wieder auf Dr. Blouvette-Targuy zu sprechen.

„Er wird verlegen, als ich von den Arsenvergiftungen anfange. Bestreitet jedoch energisch, daß Louis Béquet ebenfalls giftgemordet sein könnte. Dann ändert er seine Meinung und bittet um eine Autopsie der Leiche. Merkwürdiges Verhalten, nicht wahr? Daß der Junge tatsächlich an Herzversagen gestorben ist, scheint ihn gar nicht glücklich zu machen..."

„Aber, verdammt nochmal!" ereiferte sich Hélène. „Er muß doch wissen, ob er Louis Béquet vergiftet hat oder nicht?"

„Anzunehmen. Weiter. Gestern besucht er mich im Hospital. Warum? Weil er wissen will, wieviel ich über seine Giftmeuchelei weiß. Klar, er möchte Gewißheit haben. Und dann, Hélène, vergiftet er meine Medikamente! Sicher nicht zum Vergnügen... jedenfalls nicht zu meinem! Vielleicht war es ein Fehler, ihm zu verstehen zu geben, daß ich – wie Galzat – weiß, wann ich zu schweigen habe. Er entschließt sich daraufhin zu handeln." Ich stand auf. „Höchste Zeit, daß ich das auch tue. Handeln, meine ich. Er war so liebenswürdig, mich zum Abendessen einzuladen. Ich will ihn nicht länger warten lassen, das wäre ungezogen. Nur... Meine Teller und Gläser werd ich im Auge behalten müssen! Er wird platt sein, mich so schnell zu sehen. Was meinen Sie, Hélène?"

„Passen Sie gut auf sich auf, Chef", riet mir meine Sekretärin.

Ich setzte meinen Hut schwungvoll auf. Das gab mir eine optimistische Note.

„Keine Sorge!" Ich lächelte. „Bis jetzt haben wir nur eine Hypothese aufgestellt. Wenn ich sein Haus betrete, werde ich Genaueres wissen. Vorher gehe ich nämlich bei Catherine vorbei. Die kann mir bestimmt so einiges erzählen. Und warum sollte sie mir weniger erzählen als Galzat... Galzat... Um Himmels willen!"

Ich schnappte mir das Telefon und wählte die Nummer des *Crépuscule*.

„Hallo... René Galzat, bitte!"

Mein Gesprächspartner am anderen Ende schimpfte nicht schlecht. Ich hörte ihm aufmerksam zu, dann legte ich auf.

„Ich glaube, Galzats Konkurrenz brauche ich nicht mehr zu fürchten", sagte ich. „Er ist nicht in der Redaktion erschienen. Zu Hause ist er auch nicht... Und das genau zu dem Zeitpunkt, da er seinem Chefredakteur einen brandheißen Artikel versprochen hat! Da er sich für Giftmorde interessiert..."

„Meinen Sie, Blouvette-Targuy hat wieder zugeschlagen?" fragte Hélène.

„Ich habe ihm gestern gesagt, daß ich der Überzeugung sei, Galzat interessiere sich für diese mysteriösen Vergiftungen", antwortete ich nur.

14
Paoli greift ein

Während der Taxifahrt nach Passy las ich die Sonderausgabe des *Paris-Midi.*

Heute morgen, stand da, *meldete sich ein junger Mann namens Arthur Duchemin bei der Kripo am Quai des Orfèvres. Inspektor Faroux gegenüber erklärte er, er habe Pralinen gekauft, sie aber – gewarnt durch die Pressemeldungen – vor dem Verzehr einer genauen Analyse unterzogen. Zum Glück! Zwei Pralinen waren vergiftet. Inspektor Faroux ist sofort zu dem Geschäft gefahren, in dem Duchemin die Pralinen gekauft hatte. Es handelt sich um einen kleinen Süßwarenladen am Boulevard de Ménilmontant. Inhaber ist der Spanier Pablo Somosa. Doch von Schokolade keine Spur! Der Händler behauptete, er habe die drei, vier restlichen Kilo an Laufkundschaft verkauft. Der Spanier wurde gebeten, sich der Polizei zur Verfügung zu halten.*

Inspektor Faroux wollte keine näheren Angaben zu dem Fall machen. Wir haben jedoch erfahren, daß Pablo Somosa den Namen des betreffenden Großhändlers genannt hat. Auch der Großhändler wurde vernommen. Er bezieht seine Ware ausschließlich von Gutt und Lambert. Ware, die einen Fabrikationsfehler (!) aufweist oder angeschmutzt ist. Er verkauft sie an kleinere Geschäfte in den Vororten oder abgelegenen Bezirken weiter.

Eigentlich hätte auch was über meine vergifteten Medikamente in der Sonderausgabe stehen müssen. Doch Faroux' Diskretion machte seinem Berufsstand alle Ehre. Wahrscheinlich wollte der Inspektor den Verbrecher nicht über alles informieren... vorausgesetzt, der Todesfall im Hospital, bei dem ich um ein Haar die Hauptrolle gespielt hätte, stand überhaupt im Zusammenhang mit den übrigen Giftmorden. Möglich auch, daß Hélène sich in der Aufregung verhört hatte. Schließlich schien sich der Mörder häufiger in der Süßwarenfabrik G & L aufzuhalten als in Hospitälern... obwohl... Ja, obwohl das eine das andere nicht ausschloß!

Ich ließ das Taxi halten, um in ein Bistro zu gehen und in der Agentur anzurufen.

„Schicken Sie Reboul und Zavatter so schnell wie möglich los, um Informationen über Gutt und Lambert einzuholen", trug ich meiner Sekretärin auf. „Ich muß wissen, ob Blouvette-Targuy irgendwie mit der Firma in Verbindung steht oder stand. Aktionär, Aufsichtsratsmitglied, Betriebsarzt, entfernter Verwandter des Nachtportiers oder ehemaliger Kriegskamerad des Buchhalters. Irgend so was in der Art. Diskret und schnell, wenn's geht!"

Ich stieg wieder ins Taxi. Kurz darauf bog es in eine ruhige, ländliche Straße ein und hielt an. Wir standen vor Catherines Villa. Gegenüber erstreckte sich ein bewaldetes Gelände. Man hörte nichts als Vogelgezwitscher, das entfernte Rollen der Metro auf dem Pont de Passy und die stümperhaft gespielten Tonleitern eines Klavierspielers in einem Nachbarhaus.

Ich läutete an der Haustür von Catherine Larcher. Ein Dienstmädchen öffnete und teilte mir mit, Madame sei nicht im Hause, komme aber jeden Augenblick zurück. Ich äußerte meinen Wunsch, auf die Hausherrin warten zu dürfen, und wurde in einen geschmackvoll eingerichteten Salon mit Panoramafenster geführt. Ich setzte mich. Jetzt hörte man nur noch das Klaviergestümpere, sonst herrschte absolute Stille. Wie im Stummfilm! Gar nicht unangenehm.

Nach einer Weile – inzwischen hatte ich mir eine Pfeife angezündet – ging ich ein wenig in dem gemütlichen Raum umher und betrachtete die Bilder an den Wänden. Dann nahm ich das Bücherregal in Augenschein. Schließlich mußte ich mir doch eine Meinung über den literarischen Geschmack meiner unfreiwilligen Gastgeberin bilden.

Plötzlich überkam mich ein Schwindelanfall. Tut mir leid für diejenigen, die sich vorstellen, wir Privatdetektive hätten eine robuste Natur und könnten mit 40 Grad Fieber am Eiffelturm hochklettern. Mir wurde schwarz vor Augen. Zu früh hatte ich – auf eigene Verantwortung natürlich! – mein Krankenlager verlassen, oder es herrschte eine mörderische Hitze in diesem Salon. Oder aber mir bekam das Rauchen noch nicht. Um nicht lang hinzuschlagen, lehnte ich mich gegen den Heizkörper. Er war leicht angewärmt. Frische Luft würde mir guttun. Ich beschloß, nicht länger zu warten, und machte mich auf die Suche nach dem Dienstmädchen.

„Madame muß jeden Augenblick kommen", wiederholte sie.

„Ja, das sagen Sie so. Ich hab jetzt keine Zeit mehr. Wann könnte ich mehr Glück haben?"

„Madame ist häufig außer Haus... in letzter Zeit. Möchten Sie eine Nachricht hinterlassen?"

„Ich komme im Laufe des Nachmittags wieder vorbei", entschied ich.

Leicht schwankend ging ich hinaus. Nein, es ging mir gar nicht gut. Ein Schluck Alkohol hätte vielleicht Wunder bewirkt, aber in dieser gottverlassenen Straße war weit und breit kein Bistro zu sehen. Ein Auto kam auf mich zu. Ich hielt es für ein Taxi und winkte es ran. Es war jedoch weder frei noch ein Taxi. Als ich das bemerkte, war es schon zu spät. Zwei Kerle stiegen aus. Mit dem Fahrer bildeten sie ein gelungenes Trio, so in der Art der *Cayenn's Boys*. Ich verspürte einen leichten Druck in der Seite.

„Schön brav sein, und einsteigen", raunte mir einer der *Boys* zu.

Ich gehorchte, zu jedem Widerstand unfähig. Hinterm Steuer saß Thomas Jannet, der dicke Winkeladvokat, eine Zigarre zwischen den Zähnen, den unvermeidlichen, mehr denn je funkelnden Solitär am Finger. Die beiden Pistolenhelden setzten sich rechts und links neben mich, der Wagen raste los... und wurde an der nächsten Straßenecke gestoppt. Der heftige Aufprall wirbelte uns durcheinander. Meine Begleiter fluchten. Wir waren mit einem anderen Wagen zusammengestoßen, an dessen Steuer eine Dame saß. Jannet startete sofort wieder. Sein Wagen hatte kaum was abgekriegt, was man von dem anderen nicht behaupten konnte. Sah zwar ziemlich protzig aus, war aber weniger stabil. Aus dem Heckfenster sah ich, wie Tüten auf die Fahrbahn flogen. Schwarze Kugeln rollten über das unregelmäßige Kopfsteinpflaster.

„Sie sind ein blöder Hund, Monsieur Burma!" sagte der dicke Anwalt vorwurfsvoll. „Ihre Sekretärin ist ganz anders. Sehr nett! Hat uns bereitwillig mitgeteilt, daß wir Sie hier in der Gegend finden würden. Natürlich wußte sie nicht, was wir von Ihnen wollen..."

Ich zog es vor, nicht zu fragen, was sie von mir wollten. Meine Bewacher durchsuchten mich und nahmen mir die fünfundzwanzigtausend Francs ab, die Hélène mir gegeben hatte. Jannet riet mir, das Geld besser gleich in den Kamin zu schreiben. Mir wurde es wieder schwarz vor Augen. Nein, es ging mir überhaupt nicht gut.

* * *

Und mir ging es noch viel schlechter, als ich nach einer endlosen Fahrt vor Paoli saß und dieser gepflegte Herr mir verriet, daß sich der unternehmenslustige René Galzat ebenfalls in seiner Gewalt befand.

Ohne mich Luft holen, geschweige denn, den Mund öffnen zu lassen, begann der Korse, mich gehörig anzuschnauzen. Ich sei ja 'n ganz Schlauer! Ihm fünfundzwanzig Riesen abzuluchsen, um dann meine Erkenntnisse an diesen Journalisten weiterzuverkaufen, damit der sie in seinen Artikel verwenden könne! Glücklicherweise habe man den Kerl schon die ganze Zeit im Visier gehabt. Gestern habe man von seinem Sensationsartikel erfahren und ihn kurzerhand gekidnappt. Dann sei man augenblicklich wieder losgefahren, um mich ebenfalls hierher nach Malabry zu bringen. Vielleicht etwas brutal, aber verdammt nochmal!, solche Schlitzohren wie mich fasse man eben nicht mit Samthandschuhen an! Endlich mußte Paoli Luft holen, und ich konnte ihm widersprechen:

„Schlitzohr?!" schrie ich. „Wissen Sie, wer hier das Schlitzohr ist? Galzat! Wenn der sich verabschiedet, muß man drauf gefaßt sein, daß er grade reinkommt. So offen und ehrlich ist der! Langsam kapier ich, was gelaufen ist. Gestern war er bei mir im Hospital. Fuchsteufelswild, weil er gemerkt hatte, daß ich ihn überwachen ließ. Hat sich irgendein ungelegtes Ei aus unserer Unterhaltung herausgepickt und es in seinem Artikel verwendet. Wahrscheinlich, um mich in die Pfanne zu hauen! Ich bin Ihnen wirklich dankbar, Paoli, daß Sie eingegriffen haben. Meinen Sie, die Artikel von dem krummen Hund machen mir Spaß?!"

„Was weiß ich", knurrte Jannet.

„Galzat ist also 'n krummer Hund, ja?" lachte der Korse. „Möchte wissen, was Sie dann sind, Burma! Hat Ihnen wohl nicht gereicht, die Abreibung hier neulich, was?"

„Gut, reden wir davon! Ich hätte Sie auf der Stelle hochgehen lassen können. Hab ich's getan?"

„Nein, natürlich nicht. Aber trotzdem..."

„Reden Sie keinen Quatsch! Was Sie mir vorwerfen, paßt doch überhaupt nicht zu meiner philosophischen Richtung. Und Sie wissen das, verdammt nochmal, ganz genau! Sie gelten als intelligent... Meinen Sie nicht, daß Galzat einen Werbefeldzug in eigener Sache starten wollte?"

Ich aktivierte meine gesamte Halbbildung von der Universität und die genauen Kenntnisse der Fabel vom Fuchs und vom Raben, warf beides in einen Topf, gab noch einen Schuß Rhetorik hinzu – und der Erfolg war perfekt! Mit dem Honig, den ich dem Gangster um den Bart schmierte, hätte man einen ganzen Laden ausstatten können. Einen Süßwarenladen, zum Beispiel.

Nach meinem Plädoyer herrschte einen Moment lang Stille.

Auf Paolis Konto gingen zwei oder drei Morde, aber nur, weil er nicht anders hatte handeln können. Gezwungenermaßen, sozusagen. Wenn er sich auf andere Weise aus der Affäre ziehen konnte, tat er's. Er war kein Totschläger, eigentlich eher ein treusorgender, gemütlicher Familienvater, der sich nur als Statussymbol ein paar Leibwächter hielt. Ansonsten war er dafür, sich gütlich zu einigen. Er war weder feige noch ein Chorknabe, sondern ein vernünftiger Mann. Trotz der Revolver, die seine Leute auf mich richteten, fühlte ich mich keinen Augenblick ernsthaft in Todesgefahr. Auch wenn man gute Beziehungen hat, eine Leiche ist etwas zu Entscheidendes, zu Endgültiges. Paoli war kein Idiot.

„Na schön", sagte er schließlich, „ich will Ihnen mal glauben, daß Sie mir nicht schaden wollten."

„Dann... kann ich jetzt gehen?"

„Langsam, langsam. Ich versuche grade, die Sache mit Montfleury zu vergessen. Das ist wie bei einem Frischoperierten: Er braucht Ruhe und nochmals Ruhe... und Zeit! Die Voreiligen riskieren Kopf und Kragen... In zwei, drei Tagen ist die Sache erledigt. Tanneur befindet sich bereits in meiner Heimat, in Bastia. Läßt sich einen Bart wachsen. Wer dann noch behauptet, er hätte was mit dem Betrug von Montfleury zu tun gehabt, wird sofort in die geschlossene Abteilung von Sainte-Anne eingeliefert! Später können Sie von mir aus gerne in die Welt hinausposaunen, was Sie wissen. Aber bis dahin muß ich Sie leider unter Verschluß halten..."

„Zwei... drei Tage?" stammelte ich erschrocken.

„Ja, wie gesagt: Alles braucht seine Zeit."

„Das geht nicht!" rief ich. „Ich muß in einem Fall ermitteln. Sie haben mein Wort, daß..."

„Schnauze! In zwei oder drei Tagen laß ich Sie laufen, eher nicht! Sie wollten den Laden hier doch kennenlernen, oder? Also, worüber beklagen Sie sich?"

Schluß der Diskussion. Ich fügte mich ins Unvermeidliche.

„Und was haben Sie in der Zwischenzeit mit mir vor?" fragte ich resigniert.

„Sie in einem Zimmer einzusperren."
„Und die... äh..."
Ich rieb Daumen und Zeigefinger aneinander.
„Die Mäuse?" Jannet lachte. „Armer Nestor Burma! Hab ich Ihnen nicht gesagt, Sie sollen das Geld in den Kamin schreiben?"
Ein schöner Tag! Und das alles hatte ich Galzat zu verdanken! Der Kerl wurde mir immer sympathischer. Ich hatte eine Stinkwut im Leib.
„Hören Sie, Paoli", sagte ich, „ich rate keinem Menschenfresser, mich zu verspeisen. Wenn er nicht grade 'ne Kreissäge im Maul hat, bricht er sich dabei alle Zähne aus. So einen harten Schädel hab ich! Immer mit dem Kopf durch die Wand... Aber im Augenblick muß ich passen. Dennoch... Einen kleinen Gefallen könnten Sie mir ruhig tun. Ich hab ein Hühnchen mit Galzat zu rupfen. Oh, rein verbal natürlich! Lassen Sie mich zu ihm, und sagen Sie Ihren Gorillas, sie sollen so tun, als wollten sie uns fressen. Das würde mir gut ins Konzept passen."
„Was steckt dahinter?" fragte Jannet mißtrauisch.
Paoli brachte ihn mit einer Handbewegung zum Schweigen.
„Gewährt", sagte er, feierlich wie der Papst.
„Und noch was: Ich interessiere mich für Politik. Könnten Sie vielleicht so nett sein und mir Tageszeitungen besorgen lassen?"
„Warum nicht?"
Seine Heiligkeit lachte gutmütig.
„Sonst noch was?" fragte Jannet bissig. „Vielleicht noch 'ne hübsche Tänzerin?"
„Nicht, wenn Sie sie für mich aussuchen", erwiderte ich.

* * *

Das Zimmer war staubig und roch muffig. Das einzige Fenster war mit Läden verrammelt und mit Eisenstangen gesichert. Es herrschte eine stickige Hitze. Eine kaputte Deckenlampe sorgte für schummrige, aber ausreichende Beleuchtung. Das Mobiliar bestand aus einem Tisch und einem durchgesessenen Sofa. Weitere Sitzgelegenheiten gab es nicht. Hier und da löste sich die Tapete von den Wänden.

Zwei Kerle stießen mich in das Verlies und knallten von außen die Eichentür zu. Wie professionelle Gefängniswärter!

Als René Galzat mich erblickte, stand er auf. Wen hatte er erwartet? Greta Garbo vielleicht oder seinen Sachbearbeiter vom Finanzamt?

„Sie haben uns ja 'ne schöne Scheiße eingebrockt!" pfiff ich ihn an. „Sie können was erleben... falls Paolis Gorillas nicht vorher von ihren Kanonen Gebrauch machen! Und da kommen dann keine vergifteten Schokokugeln raus – auf die Sie sich ja spezialisiert haben! –, aber hinterher ist man trotzdem tot..."

So ging das noch eine Viertelstunde weiter. Der Journalist spielte den zerknirschten Sünder. Gestand mir, daß sein „Sensationsartikel" auf meinen Ideen basierte, machte jedoch mildernde Umstände geltend: seine Wut auf mich. Außerdem habe er nie ernsthaft daran gedacht, den Artikel mit meinen Erkenntnissen zu veröffentlichen.

„Ja, das sagen Sie so", knurrte ich. „Und Madame kommt jeden Augenblick zurück... Aber das ist 'ne andere Geschichte... Jedenfalls habe ich Ihnen dieses Intermezzo hier zu verdanken. Hätte gut drauf verzichten können! Und ich hab mir Sorgen um Sie gemacht! Hab gedacht, Blouvette-Targuy hätte Sie umgelegt."

„Blouvette-Targuy?" rief Galzat. Sofort vergaß er seine augenblickliche Situation und interessierte sich für den Fall, mit dem er über Nestor Burma triumphieren wollte! „Was wissen Sie über ihn?"

„Sieh mal an." Ich pfiff leise durch die Zähne und setzte mich auf das Sofa. „Der Arzt scheint Sie ja mächtig zu interessieren! Was ich über ihn weiß? Soviel wie Sie... Vielleicht etwas mehr. Aber ist das jetzt noch wichtig? Sie haben uns ja dem Korsen zum Fraß vorgeworfen. Und mit dem ist nicht zu spaßen! Ich befürchte, unseren Geist können wir nur noch hier in diesem stinkenden Zimmer versprühen, bevor wir ihn aufgeben. Weder Sie noch ich werden irgend jemand oder irgend etwas k.o. schlagen! Dafür müßten wir erst mal hier rauskommen... Lassen Sie mich nachdenken, vielleicht kann ich Paoli doch noch umstimmen..."

Ich warf meinen Hut auf den Tisch, zündete mir eine Pfeife an, lehnte mich zurück, faltete die Hände im Nacken und tat so, als stünde die Lösung unseres Problems an der Decke geschrieben. Oder als würde sie uns das Lösungswort zuflüstern. Von manchen Wänden wird behauptet, sie hätten Ohren. Aber von schreibenden oder sprechenden Decken hab ich noch nie was gehört!

Galzat beendete die Schweigeminute.

„Sie halten sich wohl für ganz besonders schlau, was?" giftete er.

Seine Stimme zitterte ein wenig. Hörte sich an wie bei einem Kind, das die anderen nicht mitspielen lassen. Ich vertiefte mich ganz in meine Deckenbetrachtung. An einigen Stellen kam der Putz runter.

„Besonders pfiffig!" Die Stimme wurde lauter. „So scharfsinnig wie Sie bin ich schon lange! Soll ich's Ihnen beweisen?"

„Sparen Sie sich die Mühe", knurrte ich, den Blick nach oben gerichtet. „Ihren Scharfsinn kenne ich! Und Ihr Geschick! Und Ihre Fairneß! Genau diese Eigenschaften haben uns hierhergebracht. Seien Sie still!"

„Nein! Ich bin nicht still!" kreischte Galzat, außer sich. „Gefällt Ihnen wohl nicht, daß ich dieselben Schlüsse gezogen habe wie Sie, hm? Ob's Ihnen gefällt oder nicht, Sie werden mir jetzt zuhören! Dr. Blouvette-Targuy ist der Giftmörder!"

„Natürlich! Bin ganz Ihrer Meinung. Und jetzt lassen Sie mich nachdenken."

Er ließ mich nicht.

„Sie verdächtigen ihn auch, stimmt's?"

„Nein, aber das ist egal. Mir ist meine Pfeife oder eine

Minute Ruhe wichtiger als eine eigene Meinung. Wenn Sie sagen, daß er's war, dann war er's eben."

„Verdächtigen Sie ihn wirklich nicht?" Der scharfsinnige Journalist lachte listig. „Dann sagen Sie mir doch, warum Sie geglaubt haben, er hätte mich umgebracht?"

„Sieh an, der Monsieur Galzat!" rief ich überrascht. „Macht einen Punkt nach dem anderen. Man muß ihn nur besser kennenlernen, um ihn zu schätzen. Wie alle Journalisten! Sie könnten durchaus einen passablen Mitarbeiter abgeben... vorausgesetzt, Sie wollten nicht gleich das Geheimnis k.o. schlagen!"

„Erstens will ich nicht für Ihre Agentur arbeiten", erwiderte Galzat, „und zweitens werde ich sehr wohl das Geheimnis k.o. schlagen. Und Sie gleich dazu!"

„Das möchte ich sehen."

„Sie werden sehen! Sobald ich hier raus bin, liefere ich Blouvette-Targuy ans Messer!"

Ich richtete mich schwungvoll auf.

„Schluß mit dem Quatsch!" sagte ich. „Reden wir ernsthaft miteinander. Ich weiß gar nicht, warum wir solche Probleme wälzen... in unserer Situation! Aber wenn wir schon mal diskutieren, dann bitte vernünftig! Sie verdächtigen also Blouvette-Targuy, Jean Tanneur, Irma Denoyel und vielleicht noch einige andere, bisher unbekannte Personen umgebracht zu haben. Haben Sie Beweise?"

„Subjektive, ja", erwiderte Galzat lebhaft. „Der Mann haßt alle Menschen. Er hat mal 'ne Streitschrift verfaßt, die daran keinen Zweifel läßt. Er terrorisiert seine Familie. Catherine ist nämlich seine Schwägerin. Hab es erst erfahren, als ich den Doktor mal zufällig erwähnte. Sie starrte mich daraufhin aus schreckgeweiteten Augen an. Und das bei bloßer Nennung seines Namens! Seitdem ist sie wie verwandelt. Bestimmt weiß sie was..."

Er äußerte dieselben Vermutungen, die ich auch schon gehabt hatte: Catherines Wagen vor Blouvettes Haustür, ihr Ausruf „Das ist bestialisch!" undsoweiter.

„Alles nur Vermutungen", bemerkte ich. „Subjektive Beweise, wie Sie es schon so richtig nannten."

„Nur Geduld, andere werden folgen! Zum Beispiel das Geständnis des Mörders. Werd ihn nämlich dazu zwingen, verlassen Sie sich drauf! Dazu die Zeugenaussagen seiner Schwägerin. Catherine wird gar nicht anders können, sonst..."

Er verstummte.

„Sonst?" echote ich.

„Ach nichts", sagte er trotzig.

„Sie lieben sie, nicht wahr?"

„Geht Sie das was an?"

„Nein. Aber Sie sind nicht der einzige! Blouvette liebt sie ebenfalls. Oder hat sie zumindest geliebt. Catherine könnte aussagen – und das meinten Sie eben doch sicher –, daß er versucht hat, seine Frau zu vergiften, um frei zu sein."

Die Überraschung in Galzats Gesicht war nicht gespielt.

„Ach, das wußten Sie nicht?" fragte ich mit der gleichen echten Überraschung. „Nicht schlecht, was? Nun, großzügig, wie ich bin, schenke ich Ihnen diesen zusätzlichen Beweis. Nennen Sie's Herzensgüte... Glückwunsch, Galzat! Sie haben dieselben Überlegungen angestellt wie ich. Leider sind's die falschen! Nicht traurig sein, für einen Anfänger ist das ein intelligenter Irrtum. Für einen Profi jedoch... Na ja, lassen wir das! Ich hab mal einen Jungen gekannt, der mit sechzehn Jahren davon redete, daß er alle Staatschefs umbringen wollte. Jetzt ist er Minister. Blouvette-Targuy kann also mit zwanzig sehr wohl daran gedacht haben, die Menschheit auszurotten, ohne das zwanzig Jahre später auch tatsächlich auszuführen. Seine Frau sollte vergiftet werden? Nun, er war der Täter... oder auch nicht! Falls ja: Ist das ein Beweis für die aktuellen Giftmorde? Und falls nein, dann fällt sowieso alles in sich zusammen. Jetzt zu Catherines Ausruf: ‚Das ist bestialisch!' Ein ganz gewöhnlicher Ausdruck, der sich nicht unbedingt auf ein Verbrechen beziehen muß. Catherine wirkt ein wenig – entschuldigen Sie! – überspannt. Ein Fleck auf der

Bluse, eine Laufmasche, all das ist bei ihr gleich eine Katastrophe... oder eben ‚bestialisch'! Sie kennen doch die Leute, für die alles ‚zauberhaft' oder ‚unheimlich' ist. Catherines Wort ist ‚bestialisch'. Was anderes..." Ich erzählte ihm, was im Hospital nach meiner Entlassung passiert war. „Der Schuldige könnte Blouvette sein oder ein anderer Arzt oder eine Krankenschwester... oder Sie, Galzat! Sie haben einen Moment abgepaßt, in dem ich ganz alleine im Zimmer war. Haben, ohne daß ich's merkte, ein Fläschchen vom Nachttisch genommen und mit Arsen verseucht. Von mir aus auch den Kräutertee. Sehen Sie, ich habe einen ganzen Haufen von Vermutungen, die gegen Sie sprechen! Was ich suche, sind handfeste Beweise! Ich wüßte zum Beispiel gerne, wie die Vergiftungen organisiert wurden. Das Verteilersystem! Das würde uns sicher auf die richtige Spur führen. Nehmen wir mal an, Blouvette-Targuy hat vergiftete Pralinen in Tanneurs Taxi und auf Irma Denoyels Fußmatte gelegt. Obwohl ich es für ziemlich unwahrscheinlich halte, daß jemand Schokolade ißt, die einfach so vom Himmel fällt... Egal, nehmen wir das mal ruhig an. Wie erklären Sie es sich aber, daß es um ein Haar auch Arthur Duchemin erwischt hätte?"

„Arthur Duchemin?"

Ich zeigte ihm die Sonderausgabe des *Paris-Midi*.

„Blouvette-Targuy ist Arzt, und nicht Schokoladenfabrikant oder -verkäufer", sagte ich, als Galzat den Artikel gelesen hatte. „Das sind nämlich die Leute, die freien Zugang haben zu Pralinen, ob in Kugel- oder Würfelform. Zwischen Arthur Duchemin und Pablo Somosa hat es keine weitere Schaltstation gegeben."

15
Das Verteilersystem

Am Abend kam eine Art Butler mit Galgengesicht zu uns, der begleitet wurde von einem Leibwächter. Er brachte uns einen kleinen Imbiß und eine Absichtserklärung von Paoli. Der Korse bedauerte, uns ein paar Tage festhalten zu müssen. Wenn wir jedoch brav seien, ließ er uns ausrichten, werde uns nichts passieren. Galzat atmete auf. Er hatte am Abend vor seiner Entführung den Film *Scarface* und sich selbst bereits wie ein Sieb durchlöchert gesehen.

Beim Essen nahmen wir unsere Unterhaltung wieder auf. Danach ging's weiter, und spät in der Nacht diskutierten wir immer noch miteinander. Am folgenden Morgen, kaum hatten wir die Augen aufgeschlagen, fingen wir wieder von neuem an.

So vergingen zwei Tage.

Ein unvoreingenommener Zuhörer hätte die Atmosphäre offener Herzlichkeit zwischen uns gelobt. Dennoch zeigte Galzat manchmal eine eigenartige Zurückhaltung. Auch ich sagte nicht immer, was ich dachte. Wär ja auch zu schön gewesen! Während wir uns das Hirn zermarterten, wie das Gift in die Schokolade gekommen und verteilt worden war, kamen mir so einige gute Ideen. Doch ich behielt sie lieber für mich. Schließlich war Galzat mein Konkurrent. Auch er vergaß das keinen Augenblick. Einen Gedanken, den er wahrscheinlich nicht für besonders schlau hielt, teilte er mir jedoch mit. Er hatte recht: Der Gedanke war nichts wert. Paßte so gar nicht zu den bekannten Fakten. Denn wie konnte das Arsen noch in der Fabrik in die Schokoladenmasse, aus der später die Pralinen fabriziert wurden, gelangt sein? Die Polizei hatte herausgekriegt, daß jede Kugel einzeln vergiftet worden war...

„Also, dann weiß ich's auch nicht", seufzte Galzat. „Es sei denn, Pablo Somosa ist ein Komplize von Dr. Blouvette-Targuy."

„Oder von Landru."

Er zuckte die Achseln.

Am Abend des zweiten Tages unserer Gefangenschaft brachte uns der Galgen-Butler den *Crépuscule* und *Paris – Vingt Heures*. Dann bat er mich, ihm zu folgen. Er führte mich ins Erdgeschoß. Einer der Leibwächter hielt mir einen Telefonhörer hin.

„Der Große Manitu", sagte er. „Sie können bald abhauen. Der Boß will's Ihnen selbst kundtun."

Paoli teilte mir mit, daß uns im Laufe des Vormittags ein Wagen abholen und an der Porte d'Orléans absetzen würde. Er entschuldigte sich noch einmal für den erzwungenen Aufenthalt in Malabry und sagte, er hoffe, uns in Zukunft nicht noch einmal so behandeln zu müssen. Zum großen Teil werde das von unserem Verhalten abhängen, denn...

„Jaja, schon gut", knurrte ich.

Wieder zurück im Zimmer, hatte ich das unbestimmte Gefühl, daß irgend etwas fehlte. Ich überbrachte Galzat die Frohe Botschaft von unserer baldigen Freilassung.

„Besser, wir bewahren über unser gemeinsames Abenteuer Stillschweigen", fügte ich hinzu. „Haben uns sowieso nicht grade mit Ruhm bekleckert. Nein, als Held taugen Sie genausowenig wie ich."

Er erklärte sich einverstanden. Schien mir mit seinen Gedanken ganz woanders zu sein. Ich setzte mich auf das Sofa. Plötzlich konkretisierte sich mein unbestimmtes Gefühl von eben: Die Zeitungen fehlten! Im Kamin lag ein Häufchen Asche, das vorher noch nicht dagewesen war.

„Sie haben die Zeitungen verbrannt", stellte ich fest. „Wahrscheinlich stand was drin, was Sie mir vorenthalten wollten."

Er grinste.

„Jeder kämpft mit seinen eigenen Waffen“, sagte er nur. „Werd schon noch rauskriegen, was drinstand!“

Ich trommelte gegen die Eichentür. Ein Leibwächter erschien. Ich bat ihn, uns die gleichen Ausgaben noch einmal zu besorgen. Er schickte mich zum Teufel. Ob er etwa mein Butler sei?

Galzat lächelte immer noch. Ein ganz seltsames Lächeln.

* * *

Die Standuhr an der Porte d'Orléans zeigte 14 Uhr. Unser Wagen hielt.

„Endstation, meine Herren“, sagte Paolis Chauffeur grinsend. „Einen recht schönen Tag noch.“

Galzat und ich stiegen aus und rannten zum Taxistand. Der Journalist sprang in den ersten Wagen. Die Adresse, die er dem Fahrer nannte, konnte ich nicht verstehen. Ich stieg in das zweite Taxi und ließ mich zu Gutt und Lambert in die Avenue de l'Opéra bringen.

Vor unserer Abfahrt in Malabry hatte ich Galzat geraten, vor irgendwelchen Aktionen sein Gehirn einzuschalten und nachzudenken. Er hatte nur gelacht und gemeint, meine Tricks seien zu durchsichtig. Na schön, ich wollte ihn seinem Schicksal überlassen. Jetzt war er wohl gerade auf dem Weg zu Dr. Blouvette-Targuy, um ihm einfach so, rundheraus, ohne wasserdichte Beweise, auf den Kopf zuzusagen, daß er der Mörder sei. Oder er fuhr zu Catherine Larcher und informierte sie über die Untaten ihres Schwagers. Besser gesagt: darüber, daß er zu wissen meinte, wer die Untaten begangen hatte...

In der Firma Gutt und Lambert verlangte ich, mit Alfred Bonnier zu sprechen, dem Generaldirektor. Man überbrachte der würdigen Persönlichkeit meine Visitenkarte, und kurz darauf wurde ich vorgelassen. Der Herr Direktor ging in seinem Büro auf und ab. Offensichtlich war er sehr erregt.

„Schön, daß Sie hier sind, Monsieur Burma“, rief er mir

entgegen. „Haben Sie so etwas wie den sechsten Sinn? Ich wollte Sie nämlich gerade anrufen. Wir haben schon viel zu lange gewartet. Inzwischen steht unser guter Name auf dem Spiel. Die Konkurrenz setzt uns zu, und die Öffentlichkeit redet über uns. Wenn man sich auf die Kriminalpolizei verläßt, ist man verlassen. Private Interessen... äh... interessieren die Herren von der *Tour Pointue* nicht... Sie haben doch sicher den *Paris-Midi* gelesen?"

„Nein."

„Eine neue Tragödie! Diesmal in Billancourt. Hier!"

Er reichte mir die Zeitung, in der ein Artikel rotangestrichen war. In Billancourt war ein junger Mann nach dem Verzehr von Schokolade, die er bei einem ausländischen Händler gekauft hatte, gestorben. Der Verfasser des Artikels betonte, daß der Händler bei demselben Grossisten einkaufte wie Pablo Somosa. Die Ware stammte aus dem Hause G & L.

„Monsieur Burma", begann der Direktor wieder, „ich weiß nicht genau, um was ich Sie bitten möchte..." Er deutete ein gezwungenes Lächeln an. „Aber Sie müssen irgendwie beweisen, daß wir für diese bedauernswerten Vorfälle keinerlei Verantwortung tragen. Höchst unangenehm, daß jedesmal, wenn vergiftete Schokolade auftaucht, die Ware aus unserem Hause kommt! Bald wird die Kundschaft unsere Erzeugnisse meiden wie die Pest... Die Polizei hat in unserem Betrieb Ermittlungen angestellt, um den Mann ausfindig zu machen, der das Gift in die Schokolade spritzt. Bisher leider ohne Erfolg... Wir möchten, daß Sie die Sache in die Hand nehmen. Vielleicht haben Sie ja mehr Glück."

„Monsieur Bonnier, ich bin hierhergekommen, um Ihnen ein paar Fragen zu stellen. Steht ein gewisser Dr. Blouvette-Targuy mit Ihrer Firma irgendwie in Verbindung? Der Name ist nicht alltäglich, man kann ihn sich gut merken."

„Allerdings! Doch ich höre ihn zum ersten Mal."

„Danke. Eine andere Frage: Kommt die vergiftete Ware aus ein und derselben Fabrik?"

„Jawohl."

„Gut, dann wäre mein Auftrag hiermit erledigt. Sie müssen mir nur noch einen Scheck für meine Bemühungen ausstellen. Die Unschuld Ihres Unternehmens ist einwandfrei erwiesen. Sie und Ihre Mitarbeiter haben mit den Vergiftungen nichts zu tun. Teilen Sie das bitte den Zeitungen mit."

Alfred Bonnier hatte schon genug Sorgen. Er sah mich an und fragte sich wohl, wie er auf diesen Scherz reagieren sollte. Er entschied sich für ein Lächeln zu 1,95 FF. Knapp zwei Francs also, ein Betrag, den man im Hause Gutt und Lambert nicht mal einem Bettler in die Hand zu schieben wagte.

„Sie stehen in dem Ruf, außerordentlich flink zu sein", sagte er zweideutig. „Es scheint zu stimmen. Aber ehrlich gesagt, ich habe Mühe, Ihrem Tempo zu folgen. Vielleicht könnten Sie einige Erklärungen..."

„Wir haben es mit einer Serie willkürlicher Verbrechen zu tun", dozierte ich. „Da der Mörder keinen bestimmten Personenkreis im Auge hat, wäre es einfacher für ihn – angenommen, es ist einer Ihrer Mitarbeiter –, das Gift direkt unter den Kakao oder den Zucker zu mischen, als jede Schokokugel einzeln zu vergiften. Folglich muß man den Täter außerhalb Ihrer Fabrik suchen."

„Das ist wahr, Donnerwetter!" Der distinguierte Monsieur Bonnier wurde lebhaft. „Daß da noch niemand drauf gekommen ist..."

„Ach, es gibt noch vieles, auf das bisher niemand gekommen ist", erwiderte ich lächelnd. „Sehen Sie, Monsieur, diese Giftmorde interessieren mich sehr. Wenn ich nun das System der Giftverteilung entdecken würde, könnte ich bestimmt noch auf ganz andere Dinge kommen... Immerhin ist es bemerkenswert, daß die vergiftete Ware von Ihnen ausgeliefert wurde. Vergiftet nicht in Ihrer Fabrik, wohlgemerkt, sondern hinterher, nach dem Herstellungsprozeß. Das ist genau der Punkt, an dem die Polizei nicht weiterkommt. Es besteht keinerlei Zusammenhang zwischen den Opfern. Wer ist der Mörder? Der oder die Mörder? Pablo Somosa? Der unbekannte Händler, der Irma Denoyel bedient hat? Der Vater von

Jean Tanneur? Der Großhändler? Keiner von ihnen! Und trotzdem sind die Genannten alle das unfreiwillige Mordinstrument eines intelligenten Verbrechers... Intelligent, jawohl! Er benutzt nämlich das Gift der Dummen und Unwissenden: Arsen! Ich bin davon überzeugt, daß es sich um einen Einzeltäter handelt, der nach einem ganz einfachen Plan vorgeht. Sagen Sie, Monsieur Bonnier, es handelt sich doch um ganz bestimmte Ware, die in Ihrem Luxusgeschäft nicht verkauft werden soll, oder?"

„Ja."

„Um welche Art Ware handelt es sich?"

„Ware, die aus dem einen oder anderen Grund unserem Ruf schaden könnte: eine kaputte Schachtel, ein zerrissenes Band, eine zerdrückte Tüte... Wir achten sehr auf die Präsentation unserer Erzeugnisse."

„Natürlich, Monsieur. Aber ich werde Ihnen jetzt etwas Ungeheuerliches enthüllen, das bei näherem Hinsehen gar nicht so ungeheuerlich ist. Es ist bei Ihnen sicherlich nicht üblich, Waren umzutauschen oder zurückzugeben, nicht wahr?" Entrüsteter Protest. „Und doch hat der Verbrecher genau auf diesem Wege sein Gift in Umlauf gebracht. Er hat eine oder mehrere Schachteln Pralinen gekauft, sie vergiftet und unter irgendeinem Vorwand wieder an Sie zurückgegeben. Die Süßigkeiten gehen zurück in die Fabrik, und zwar in das Lager, das für den Großhändler bestimmt ist. Später landen sie dann in den kleinen Läden, in denen Irma Denoyel und Arthur Duchemin kaufen... gekauft haben."

Monsieur Bonnier hob die Hand. Ich ebenfalls.

„Ich weiß, Monsieur!" fiel ich ihm ins Wort, bevor er es ausgesprochen hatte. „Sie wollen einwenden, daß das unmöglich ist, weil so etwas bei Ihnen nicht vorkommt. Trotzdem, es kann sich nicht anders abgespielt haben. Und es spielt sich bestimmt immer noch so ab! Warenumtausch ist die Basis des Systems. Wenn ich noch ein wenig tiefer grabe, müßte ich bald fündig werden."

Hier im Büro konnte ich nicht anfangen zu graben. Ich verabschiedete mich von dem Generaldirektor, der mir völlig perplex hinterherstarrte. Nein, er wußte nicht, was er von mir halten sollte. Zuerst lieferte ich ihm eine geniale Erklärung, um dann eine so verworrene Theorie hinterherzuschicken!

Draußen stellte ich mich vor das berühmte Geschäft und betrachtete die Süßigkeiten in den Auslagen. Luxuriöse Schachteln, zierliche Kästchen – in denen man Schmuck vermuten konnte! –, kandierte Früchte, Dragées, Schokoladenfiguren, Pralinen...

Mir wurde etwas flau in der Magengegend. Wahrscheinlich, weil ich so süßes Zeug nicht besonders mag, vor allem nicht im Sommer. Dennoch faßte ich mir ein Herz und betrat das Luxusgeschäft.

Die Kundschaft bestand hauptsächlich aus Frauen und Kindern. Ob diese Leute keine Zeitung lasen? Oder läßt ein Schleckermaul jede Vorsicht sausen, um seinen Hunger zu stillen? Der Laden war jedenfalls rappelvoll. Monsieur Bonnier konnte ganz beruhigt sein. Noch war seine Kundschaft wie wild hinter den Erzeugnissen von G & L her.

Ich wußte nicht so recht, was ich eigentlich hier suchte. Als ich schon wieder hinausgehen wollte, fiel mein Blick auf das Schokoladenregal. Mir kam eine Idee.

Ich muß dazu sagen, daß ich an meiner kleinen Theorie festhielt, so verworren sie auch war. Ich drehte und wendete sie in meinem Kopf hin und her, und siehe da!, so verworren kam sie mir gar nicht mehr vor. Mußte nur noch ein wenig blankpoliert werden.

Mein Blick fiel also auf das Regal, und da dachte ich so, ‚na ja‘, dachte ich, ‚so viele Opfer waren's bis jetzt eigentlich noch nicht... Und da es schwierig ist, ohne Training jeden Tag aus der zweiten Etage zu springen, könnte man es doch einmal richtig versuchen, und zwar mit Erfolg! Nur etwas Mut braucht man dazu, mehr nicht. Und ist es nicht auch bequemer‘, dachte ich weiter, ‚Trinkgeld zu geben, als eine Bank zu überfallen? Auf jeden Fall mit weniger Risiko verbunden.‘ Das hob natürlich meine vorangegangenen Überlegungen auf!

An diesem Punkt angelangt, stoppte ich den Fluß meiner blühenden Phantasie. Fehlte nur noch, daß mir die Dichterinnung von Saint-Germain-des-Prés im allgemeinen und die vom Café Flore im besonderen einen Prozeß anhängten! So wenig poetisch ich sonst auch bin, bestimmt hätte ich von den jungen Talenten noch lernen können, wie man das Morgenrot mitten in sein Herz dringen läßt. Einfach nur deshalb, weil ich so schnell wie möglich meine Theorie überprüfen mußte. Meine kleine, ehemals verworrene Theorie!

Um das Recht zu erwerben, eine dieser hübschen Schachteln mit einem Vollmond drauf nach Hause zu tragen, mußte ich einige blaue Scheine auf die Glastheke blättern.

Draußen winkte ich ein Taxi ran und fuhr zur Agentur. Hélène war froh, mich wiederzusehen. Meine nicht angekündigte Abwesenheit hatte sie so langsam nervös gemacht. Sie war drauf und dran gewesen, einen Privatdetektiv einzuschalten!

Schnell erzählte ich ihr alles Wichtige über mein Abenteuer und zog mich dann für einen Augenblick in mein Büro zurück.

„Kommen Sie mit, mein Schatz", forderte ich Hélène auf, als ich wieder herauskam. „Und nehmen Sie Block und Bleistift mit! Ganz bestimmt werde ich das eine oder andere historische Wort von mir geben, das Sie notieren und der Nachwelt – zumindest der Presse! – mitteilen sollten. Wir fahren zu Gutt und Lambert. Nein, nein, nicht um Süßigkeiten zu lutschen! Ich will Ihnen eine Nummer in Roter Magie vorführen. Gegen mich ist Mike Seldow, der ‚Zauberhafte Zauberer', ein Langweiler!"

Meine Sekretärin blieb vor dem Süßwarengeschäft der Firma G & L stehen, während ich hineinging... und fast sofort wieder herauskam. Wir setzten uns auf ein Gläschen in ein nahegelegenes Bistro. Zehn Minuten später ließen wir uns bei Monsieur Bonnier anmelden.

„Ich würde Ihnen gerne etwas demonstrieren", sagte ich zu dem Generaldirektor. „Würden Sie so nett sein und mit uns in Ihr Geschäft gehen?"

Es war so nett.

„Haben Sie etwas entdeckt?“ fragte er, als wir zusammen hinuntergingen.

„Vielleicht.“

Ich ließ den Geschäftsführer kommen. Ein dunkelgekleideter Herr mit einem traurigen Beerdigungsgesicht näherte sich uns.

„Würden Sie so nett sein und eine kleine Umfrage unter Ihren Verkäuferinnen durchführen?“ fragte ich ihn. „Ich wüßte gerne, ob jemand eine Schachtel im Regal bemerkt hat, die nicht dort hingehört.“

Auch der traurige Geschäftsführer war so nett. Nach einigen Minuten kam er zurück. Flüsternd wandte er sich an seinen Chef. Beklagte die schlechten Sitten – „Mein Gott, in welcher Zeit leben wir!“ –, es sei zum Verzweifeln, und dabei sollte man doch meinen, die Kundschaft hier setze sich aus der besseren Gesellschaft zusammen, nicht wahr!

„Die Leute befummeln rücksichtslos die ausgestellte Ware“, fuhr er im Flüsterton fort, „so als wären sie im Supermarkt, und beschädigen die Verpackung! Gott sei Dank kommt so was nur selten vor, sehr selten. Aber trotzdem... So ein beklagenswerter Mangel an guter Kinderstube! Also, wenn Sie meine Meinung dazu hören wollen...“

„Worum geht es?“ unterbrach Monsieur Bonnier sein Gejammere.

Der Geschäftsführer warf mir einen schrägen Seitenblick zu.

„Monsieur scheint wohl Bescheid zu wissen“, sagte er. „In dem Regal habe ich tatsächlich eine Schachtel Pralinen gefunden, die nicht dort hingehört. Sie war beschädigt. Ich habe sie beiseite gelegt.“

„Warum?“ fragte ich.

„Um sie wieder der Verpackungsabteilung zuzuführen.“

„Könnte es sein, daß die Schachtel auf diesem Wege zu der Ware gelangt, die für den Grossisten bestimmt ist?“

„Es wäre möglich.“

„Erinnern Sie sich an ähnliche Fälle in letzter Zeit?"

Er kramte in seiner Erinnerung.

„Wie gesagt, so etwas kommt höchst selten vor", flüsterte er schließlich. „Aber... na ja, doch, ich glaube, vor drei oder vier Monaten..."

Genauer konnte er sich nicht mehr erinnern, aber das war auch gar nicht nötig. Ich bat ihn, uns die von ihm beiseite gelegte Schachtel zu bringen. Dann wandte ich mich an Monsieur Bonnier:

„Wir gehen jetzt hinauf in Ihr Büro und sehen uns die Schachtel genauer an."

Gesagt, getan. Der Direktor öffnete die Schachtel. Heraus fiel eine Visitenkarte: Nestor Burma, Privatdetektiv.

* * *

Ich setzte mich und zündete mir eine Pfeife an.

„Ich habe weitergegraben, Monsieur Bonnier", sagte ich. „Und bin fündig geworden, wie versprochen! Ich habe diese Schachtel in Ihrem Geschäft gekauft, bin mit ihr in mein Büro gegangen, hab sie geöffnet und sie natürlich dabei beschädigt. Nachdem ich meine Visitenkarte hineingelegt hatte, hab ich die Schachtel wieder sorgfältig zugemacht. Jetzt mußte ich sie nur noch in das Geschäft schmuggeln und ins Regal legen. Das Regal eignet sich übrigens hervorragend für so ein Manöver. Sehen Sie nun, Monsieur, wie einfach es ist, Ware zwar nicht umzutauschen, aber doch unauffällig zurückzustellen? Man muß nur den Betrag opfern, den die Pralinen kosten. Ja, mit Pralinen geht's am besten. Sie sind völlig unverdächtig. Nun, ich habe mich damit begnügt, meine Karte in die Schachtel zu legen. Was könnte mich davon abhalten, Gift in die Kugeln zu spritzen?"

„Mein Gott!" rief der Direktor. „So ist der Mörder also vorgegangen?"

„Genau so! Sie sind sozusagen sein unfreiwilliger Komplize. Besser, wir halten die Polizei noch für eine Weile heraus.

Was sie nicht weiß, macht sie nicht heiß! Und was nützt es ihr schon zu wissen, wie der Mörder das Arsen unter die Leute bringt? Mich dagegen wird es auf die Spur des Verbrechers führen. Wenn ich ihn gefunden habe, ist das Haus Gutt und Lambert aus dem Schneider. Und das ist doch das Wichtigste, nicht wahr?"

„Ja, ja, natürlich", beeilte sich Bonnier zuzustimmen.

Er schüttelte den Kopf. Die Unverschämtheit des Giftmörders war einfach unglaublich!

„Aber das ist ja bestialisch!" rief er.

„Sie sagen es", murmelte ich.

„Welches Motiv hat er denn, wahllos Menschen zu töten?"

„Er will, daß Menschen sterben", sagte ich. „Vorzugsweise Menschen, die er nicht kennt."

„So ein Monster! Ich habe geglaubt, willkürliche Verbrechen seien eine Erfindung der Literatur!"

„Na ja, willkürlich... Mehr oder weniger."

* * *

Von der Agentur aus rief ich Marc Covet an.

„Sie haben zwar nichts mit den Vergiftungen zu tun", sagte ich, „rein beruflich, mein ich! Aber ein Ausflug auf das Terrain eines Kollegen macht Sie doch nicht bange, oder?"

„Aber nein!" lachte Covet. „So was kommt immer mal vor. Und dem Galzat ins Handwerk zu pfuschen, ist mir ein ganz besonderes Vergnügen!"

„Übrigens, haben Sie Ihren werten Kollegen in letzter Zeit gesehen?"

„Heute nachmittag erst, nach mehrtägiger Abwesenheit. Er hatte einen ‚Sensationsartikel' angekündigt und ward nicht mehr gesehn! Wahrscheinlich hatte er Mühe, den großen Worten Taten folgen zu lassen... Da fällt mir ein, Burma: Sie waren auch ein paar Tage nicht zu erreichen, stimmt's?"

„Wir waren zusammen im Urlaub."

„Witzbold! Galzat hat für heute abend wieder was Tolles

angekündigt. Er muß sich sputen, es ist gleich sechs. Vielleicht will er aber 'ne Sonderausgabe rausbringen... Oder er löst sich wieder in Luft auf!"

„Gut möglich."

„Dieses Großmaul."

„Ich glaube, ich wollte noch was über ihn wissen... aber jetzt hab ich's vergessen... Gut, reden wir von ernsthafteren Dingen. Stellen Sie Ihre Lauscher auf Empfang, Covet! Ich werde Ihnen jetzt ebenfalls einen Sensationsartikel diktieren!"

Ich berichtete meinem Freund in allen Einzelheiten von meiner Entdeckung, der inzwischen handfesten Theorie des Verteilersystems.

„Phantastisch!" rief er begeistert. „Das wird wie'ne Bombe einschlagen! Unter uns gesagt, so was brauchte ich auch so langsam mal... Man hat mir zu verstehen gegeben, daß der Betrug von Montfleury gar keiner war."

„Ach was!" lachte ich. „Wirklich nicht? Dann können Sie ja froh sein, wieder einen Punkt zu machen, was?"

„Heilfroh! Fabelhaft, Ihre Theorie!"

„Ein rein intellektuelles Vergnügen."

„Immer bescheiden, dieser Nestor! Wir kennen zwar noch nicht den Namen des Mörders, aber wir wissen jetzt, wie er's gemacht hat. Dadurch wird er erst mal 'n Weilchen ausgemordet haben."

„Hat er schon lange."

„Sie sind ja bestens informiert!"

„Geht so. Überlegen Sie doch mal: Die vergifteten Pralinen, die erst jetzt ihren Zweck erfüllt haben – wenn ich das mal so sagen darf –, wurden vor drei bis vier Monaten in Umlauf gebracht. Damals hat man nämlich bei Gutt und Lambert beschädigte Schachteln aus dem Verkehr gezogen... um sie dann wieder durch den Grossisten auf den Markt zu werfen!"

„Bilanz: drei Tote. Bisher jedenfalls, soweit es uns bekannt ist. Folglich liegen noch einige Kugeln samt Arsen in irgendwelchen Geschäften rum. Mal sehn, vielleicht schenke ich Galzat 'n Schächtelchen. Kann nie schaden!"

„Schenken Sie ihm lieber 'n Fäßchen Whisky."

„Warum? Der trinkt doch so gut wie nichts."

„Das kann sich leicht ändern."

„Noch einmal: Warum?"

„Aus Liebeskummer."

Mit diesem großen Wort legte ich auf. Als nächstes wählte ich die Nummer von Florimond Faroux. Auch ihm wollte ich meine Entdeckung nicht vorenthalten.

„Ich dachte, Sie wären tot", schnauzte er statt einer Begrüßung.

„Immer charmant", erwiderte ich. „Nein, ich lebe noch. Hatte mich nur ein wenig zurückgezogen, um das System zu ergründen, mit dem der Mörder sein Gift verteilt hat. Nun, ich habe die Zeit genutzt."

Und wieder erzählte ich meine Geschichte.

„Also... wirklich..." stammelte der Inspektor.

„Ja, nicht wahr? Sie können meine Theorie bei Gutt und Lambert nachprüfen. Nachlesen können Sie das Ganze heute abend im *Crépuscule*. Marc Covet erklärt das System noch besser als ich."

„Der schon wieder!" fauchte Faroux.

„Und was ist mit Frédéric Tanneur?" fragte ich. „Verdächtigen Sie ihn jetzt immer noch?"

Der Name hatte weiterhin eine explosive Wirkung.

„Zum Teufel mit diesem Tanneur!" brüllte der Inspektor mir ins Ohr. „Der ist mir schon lange scheißegal! Verschwunden! Von mir aus... Wahrscheinlich hat er was anderes auf dem Kerbholz... Im Moment überprüfen wir eine Meldung, die gestern in *Paris – Vingt Heures* erschienen ist... Sie kennen ja die Gerüchteküche... Was soll's? Wir sind inzwischen so weit, daß wir sogar dieses Käseblatt ernstnehmen... Vielleicht hängt das ja mit dem zusammen, was Sie rausgekriegt haben."

„Tja, vielleicht."

Mehr konnte ich dazu nicht sagen.

Nach einigen belanglosen Bemerkungen meiner- und seinerseits sowie dem Versprechen, uns gegenseitig auf dem laufenden zu halten, legten wir auf. Ich bat Hélène, mir die gestrige Ausgabe von *Paris – Vingt Heures* zu besorgen. Ich wollte endlich den verdammten Artikel lesen, den Galzat mir vorenthalten hatte!

Es ging um eine Verrückte, die seit einigen Tagen eine beträchtliche Menge Pralinen in kleineren Süßwarengeschäften gekauft hatte. *Paris – Vingt Heures* war dafür bekannt, alles Mögliche zu drucken. Deshalb stand in den anderen Zeitungen nichts darüber. Doch dieses eine Mal hatte die „Gerüchteküche" wie Faroux das Sensationsblatt nannte, die Wahrheit geschrieben.

„Das ist Catherine", sagte ich zu meiner Sekretärin. „Als ich entführt wurde, ist unser Wagen mit ihrem zusammengestoßen. Viele kleine Schokokugeln kullerten über das Pflaster..."

„Und was macht die Verrückte mit dem Zeug?" fragte Hélène.

„Sie verbrennt die Kugeln in ihrem Heizkessel. Der Heizkörper im Salon war warm. Und nun frage ich Sie, mein Schatz: Ist das ein Wetter, bei dem man seine Heizung anschmeißt? Der Kessel muß sich in der Garage befinden, deswegen durfte Galzat ihren Wagen nie dort hineinfahren."

„Seltsames Benehmen", urteilte Hélène. Plötzlich rief sie mit leuchtenden Augen: „Blouvette-Targuy! Catherine kennt den Mörder und sein System! Sie versucht, seinen Plan zu durchkreuzen, indem sie alle Pralinen in Paris aufkauft. Vielleicht liebt sie ihn ja und will ihn retten..."

„Sie hat ihn geliebt", korrigierte ich. „Wie verrückt hat sie ihn geliebt! Kommen Sie, ich glaube, es ist Zeit, daß wir ein paar passende Worte mit dem Arzt wechseln!"

16
Das Alibi

Dr. Blouvette-Targuy war nicht zu Hause. Seine Frau begrüßte uns. Sie sah ihrer Schwester ganz und gar nicht ähnlich. Weder Anmut noch Schönheit hatte sie mit ihr gemein. Ihre Augen jedoch – ebenfalls ganz im Gegenteil zu denen Catherines – strahlten zufrieden, beinahe fröhlich. Ich stellte mich vor, gab mich als einen alten Freund ihres Mannes aus und Hélène als meine Verlobte. Um das Gespräch in Gang zu bringen, plauderte ich ein wenig über Galzat und erklärte dann, ich müsse den Doktor dringend sprechen.

„Da sind Sie heute nicht der einzige", bemerkte sie lächelnd. „René Galzat hat mir soeben das gleiche erzählt! Er ist dann wieder weggegangen, um Philippe zu suchen... wie ein Verrückter..." Das Lächeln wurde zu einem lauten Gelächter. „Ja, wie ein Verrückter! Ich glaube, der hat nicht mehr alle beisammen!"

Sie tippte sich bedeutungsvoll an die Stirn.

„Das glaube ich auch", pflichtete ich ihr bei, ebenfalls lachend. „Ich dagegen hab so gut wie alles beisammen... Bitte, sagen Sie mir, wo ich Ihren Gatten finden kann."

„Aber gerne! Hoffentlich ist Philippe mir nicht böse, weil ich ihm alle Welt hinterherschicke! Aber heute hat er mal einen guten Tag. Seit langem", fügte sie hinzu.

Dann verstummte sie plötzlich. Hielt es wohl für nicht besonders angebracht, uns die Stimmungsschwankungen ihres Mannes mitzuteilen. Stattdessen kam sie wieder auf meine Bitte zurück. Wir würden Philippe bei Catherine Larcher finden. Da sie nicht wußte, daß ich die Adresse ihrer Schwester kannte, nannte sie sie uns. Oder bei Monsieur

Besse in der Rue Nicolo könnten wir ihn antreffen. Monsieur Besse sei gleichermaßen ein Freund und ein Patient.

Mit diesen Informationen in der Tasche verabschiedeten wir uns. Im Taxi fragte Hélène:

„Haben Sie bemerkt, wie glücklich sie war? Das ist sonst gar nicht ihre Art. Ich konnte mich während meiner separaten Ermittlungen davon überzeugen."

„Vielleicht hat sie heute ihren guten Tag."

„Ja , wie ihr Mann! Was meinen Sie, Chef... Was will er bei seiner Schwägerin? Wo er doch keinen Wert mehr darauf legte, Umgang mit ihr zu pflegen... Die Frau weiß Bescheid, und wenn der Doktor *Paris – Vingt Heures* gelesen hat, weiß er's auch. Nun, er hat einen Mordanschlag auf sie verübt. Es wird ihm auf einen zweiten nicht ankommen. Daß Catherine ihm auf die Schliche gekommen ist, paßt ihm gar nicht."

„Das denke ich auch", sagte ich.

* * *

Zwei Taxis hielten gleichzeitig vor Catherines Wohnung. Aus dem einen stiegen Hélène und ich, aus dem andern Marc Covet.

„Was tun Sie denn hier?" fragte ich erstaunt.

„Dasselbe wie Sie", gab der Journalist zurück. „Galzat hat mich telefonisch hergebeten und gesagt, er würde Sie ebenfalls einladen... zu Ihrer eigenen Demontage! Er hat das ‚Monster' entlarvt, wie er sich ausdrückt..."

„Ach, er hat das Monster entlarvt? Dann wollen wir es uns mal ansehen!"

Ich läutete, und mein Konkurrent öffnete persönlich die Tür.

„Sieh an!" Er pfiff anerkennend durch die Zähne. „Der Detektiv mit dem sechsten Sinn! Hab Sie leider nicht erreichen können, aber Sie sind trotzdem gekommen... Wahrscheinlich verfolgen wir dieselbe Spur, was? Und dabei wollten Sie mich unbedingt davon abbringen! Nun, wenn Sie hartnäckig sind, dann bin ich's erst recht. Und schneller als Sie allemal: Ich war als erster am Ziel!"

Wir betraten Catherines Salon. Mitten auf dem Teppich schimmerte ein feuchter Fleck. Auf dem Tisch standen zwei Gläser, und daneben lagen die Scherben einer Flasche. Es hatte einen Ringkampf gegeben.

„Da ist er!" rief Galzat theatralisch.

In einem Sessel, gefesselt und geknebelt, saß Dr. Blouvette-Targuy. Ein Sonnenstrahl fiel durch das geschlossene Fenster auf den Füllfederhalter in der Brusttasche seines Jacketts und ließ die Klemme golden aufblinken. Der Gefangene warf uns einen stummen Blick zu – aus seinem rechten Auge. Das linke war infolge eines Volltreffers zugeschwollen.

Die Stille wurde nur von dem Geklimper des Klavierschülers von nebenan gestört. Ich konnte keinerlei Fortschritte erkennen. Üben alleine reicht eben doch nicht!

Ich brach als erster das Schweigen.

„Wo ist Catherine?" fragte ich.

Galzat zeigte an die Zimmerdecke.

„Sie ruht sich ein wenig aus. Die Aufregung hat sie völlig geschafft. Die Ärmste! Nur um ein Haar ist sie dem Kerl entwischt. Wenn ich nur eine Minute später gekommen wäre, wär's um sie geschehen gewesen! Sehen Sie, was der Kerl bei sich hatte..."

Er zeigte uns ein kleines Fläschchen ohne Etikett oder sonstige Aufschrift.

„Digitoxin", erklärte er fachmännisch. „Die Dosis würde einen Ochsen umbringen! Er wollte das Zeug grade in Catherines Glas schütten. Aber setzen Sie sich doch, Mademoiselle, Messieurs! Ich will Ihnen alles ganz genau erklären. Monsieur Burma scheint sehnsüchtig auf die Lösung zu warten..."

„In dem Punkt irren Sie sich ausnahmsweise mal nicht", sagte ich.

Meine Ironie rauschte ungehört an ihm vorbei. Er setzte zu einer Rede an. Auf anderen Wegen als Hélène zwar, war er dennoch zu denselben Erkenntnissen gekommen: die bestialische Streitschrift des Arztes, seine Verwandtschaft mit Catherine, die nur bei der Nennung seines Namens eine Gänsehaut bekam, undsoweiter. Auch Galzats Schlußfolgerungen waren dieselben wie die meiner Sekretärin. Er entwickelte die Hypothese, mit der ich auch geliebäugelt, die ich dann aber nach meinem Gespräch mit Paoli wieder verworfen hatte.

„Was tun?" fragte sich der Journalist. „Der Doktor ist ein Freund meines Vaters. Ich liebe Catherine, seine Schwägerin. Der Skandal würde auch sie in Mitleidenschaft ziehen. Ich muß Ihnen gestehen, ich weiß nicht, was ich machen soll. Allerdings hoffe ich, daß diese Bestie auch für sich selbst das wählt, was sie anderen zugedacht hat: Arsen oder Digitoxin! Wenn er sich damit in sein stilles Kämmerlein verzieht, werden alle ihre Ruhe haben."

„Apropos Ruhe", warf ich ein. „Ich fürchte, Sie werden Ihre so bald nicht wiederfinden, Galzat!"

„Weil ich ein Monster unschädlich gemacht habe?" lachte er.

Dann zuckte er die Achseln und fuhr fort:

„Ein Vorfall zwang mich zum Handeln. Catherine hat sich auf etwas Verrücktes eingelassen... Als sie erfuhr – auf welchem Wege, weiß ich nicht –, daß es die vergifteten Pralinen in den kleinen Vorortläden zu kaufen gab..."

„Ich werd Ihnen den Weg gleich erklären", unterbrach ich ihn.

„Vielen Dank!... Also, als sie das erfahren hatte, kaufte sie soviel wie möglich davon. Sie wollte dem teuflischen Treiben ihres Schwagers ein Ende setzen. Verrückt, jawohl! Denn eine Verrücktheit zieht die nächste nach sich..."

„Sehr richtig!" bemerkte ich.

„Was soll man gegen ein so bestialisches Hirn unternehmen?"

„Ein hübscher Satz... und so dramatisch!"

„Monsieur Burma, der mich ständig unterbricht, vielleicht, weil ihm meine Theorie nicht gefällt – was ich sehr gut verstehen kann! – Monsieur Burma, ich muß Ihnen einen Vorwurf machen: Sie schlagen zu schnell zu! Das ist ein Fehler... Jacques Bressol, der Zeitungsjunge, hat nämlich, schon lange vor dem Reporter von *Paris – Vingt Heures*, eine Dame beobachtet, die sich sehr merkwürdig benahm. Vor einem kleinen Süßwarengeschäft in Clignancourt hielt ein Wagen, die Frau stieg aus, ging in den Laden und fuhr kurz darauf mit allen käuflich zu erwerbenden Pralinen wieder weg. Am nächsten Tag erzählt ihm ein Freund, daß er dasselbe in La Fourche beobachtet hat. Der Junge ahnt, daß an der vornehmen Dame irgend etwas faul ist. Hat das vielleicht was mit dem Tod seines Freundes Jean Tanneur zu tun? Er stellt Wachposten vor den Geschäften auf, die seiner Meinung nach von dieser merkwürdigen Frau angefahren werden könnten..."

„Teufelskerl!"

„Und schließlich wird er für seine Mühe belohnt: Bressol entdeckt Catherine ein zweites Mal, folgt ihr im Taxi und erfährt so ihren Namen und ihre Adresse. Er läuft zu Ihnen ins Hospital, wird aber recht unsanft empfangen. Wütend auf Sie, kommt er zu mir – er weiß von unserem herzlichen Verhältnis! – und teilt mir seine Beobachtungen mit. Ich wußte zuerst gar nicht, was ich tun sollte..."

„Wie üblich!"

„... als ich gekidnappt wurde. Während unserer gemeinsamen Gefangenschaft wollten Sie mich von der Spur Blouvette-Targuy abbringen. Da ich aber Ihre Tricks inzwischen kenne, hat mich Ihre Hartnäckigkeit in meiner Meinung nur noch bestärkt."

„Tricks? Meine Tricks? Das müssen ausgerechnet Sie sagen? Sie haben keinen Ton über Bressol von sich gegeben, und dann haben Sie verhindert, daß ich die Zeitungen lesen konnte..."

„Wie ich schon sagte: Jeder kämpft mit seinen eigenen Waffen!"

„Und jeder hat seine Spezialität."

„Was wollen Sie damit sagen?"

Sein Ton war gehässig. Es ärgerte ihn, daß er alle naselang

unterbrochen wurde. Auch Hélène zeigte erste Anzeichen von Ungeduld.

„Nichts", sagte ich. „Ich gestehe, ich war nicht sehr offen zu Ihnen. Wollte rauskriegen, wie weit Sie mit Ihren Ermittlungen waren. Dabei hat mir Ihre Eitelkeit sehr geholfen. Ich konnte feststellen, daß Sie fast genausoviel wußten wie die Agentur *Fiat Lux* und mich beinahe sogar überrundet hätten... Aber Paoli hatte mir nicht nur meine Freiheit genommen, sondern auch einige meiner Überzeugungen! Deshalb hab ich dann meine Meinung geändert."

„Paoli?" rief Galzat verständnislos. „Was hat denn der Korse damit zu tun? Also wirklich, Sie scheinen ja völlig von der Rolle zu sein! Macht das die Enttäuschung, weil ich vor Ihnen das Monster entlarvt habe?"

„Denken Sie, was Sie wollen! Ich hab Ihnen doch schon gesagt, daß ich Ihnen nicht gerne widerspreche. Deswegen habe ich Ihnen auch nicht erzählt, was mir an Paolis Verhalten aufgefallen war. Das hätte nämlich Ihrer Theorie widersprochen! Stattdessen habe ich Ihnen von dem Mordanschlag auf Madame Blouvette-Targuy und auf mich erzählt. Das paßte besser zu Ihren Ideen, ohne daß ich aus meiner mangelnden Begeisterung für Ihren Tätervorschlag ein Geheimnis machen mußte. Aber jetzt werden Sie mir beweisen..."

„... daß Ihre Geschichte mit den Mordversuchen ein Bluff war, jawohl!" ereiferte sich der Journalist. „Ein Trick, um mich zu verwirren! Sonst hätten Sie mir nichts davon erzählt. Ja, Sie verstehen es, Wahrheit und Lüge so geschickt miteinander zu vermischen, daß man sie später nicht mehr auseinanderhalten kann! Ich habe Ihre Geschichten nämlich heute überprüft. Sie stimmen! Beide Mordversuche haben stattgefunden. Untermauern diese Tatsachen nun meine Hypothese, ja oder nein?" Galzat wurde ganz aufgeregt. Das war sein größter Fehler: Er regte sich zu schnell auf! „Ich habe ein früheres Dienstmädchen der Blouvettes ausfindig gemacht. Sie bestätigte mir, daß Madame vor etwa vier Monaten krank gewesen sei, ,'ne komische Geschichte', meinte sie, ,und Monsieur hat die Schwester von Madame beschuldigt'. Das hat diese Bestie sich fein ausgedacht: einer Unschuldigen seine Verbrechen anzuhängen!"

„Hélène!" rief ich streng. „Der Punkt geht an Monsieur Galzat, nicht an *Fiat Lux*."

„Ich hab das frühere Dienstmädchen auch befragt", rechtfertigte sich meine Sekretärin, „aber von einer solchen Anschuldigung hat sie mir nichts gesagt."

„Ist auch nicht so wichtig. Im Moment jedenfalls nicht. Inzwischen haben sich die Gefühle von Monsieur Blouvette-Targuy wieder verändert. Er würde nicht mehr im Traum dran denken, einen derartigen Verdacht gegen seine schöne Schwägerin zu äußern. Übrigens war er damals auch nicht hundertprozentig davon überzeugt..."

„Was Sie nicht sagen!" spottete Galzat.

„Und wenn er sie auch in einem Wutanfall beschuldigte, so hat er doch keine Strafanzeige erstattet. Heute nun ist Catherines Unschuld erwiesen. Madame Blouvette-Targuy und ihre Schwester sind überglücklich." Ich stellte mich vor den gefesselten und geknebelten Arzt. „Entschuldigen Sie, daß ich Sie noch nicht befreie. Aber sobald ich Ihnen den Knebel aus dem Mund nehme, werden Sie uns eine längere Rede halten. Das ist aber noch nicht der richtige Augenblick! Wir haben uns noch soviel zu sagen, Monsieur Galzat und ich, und wenn Sie sich auch noch einmischen, werden wir nie fertig. Auch wenn es jemanden unter uns gibt, der die Diskussion gerne bis ans Ende aller Zeiten fortführen würde... Antworten Sie mir bitte durch Zeichen! Sie haben heute eingesehen, daß Catherine Larcher niemals vorhatte, Ihre Frau zu vergiften, nicht wahr?"

Er nickte.

„Schön. Wie finden Sie das, Galzat?"

„Das könnte man als stillschweigendes Geständnis bezeichnen", lachte der Journalist hämisch.

„Stillschweigend, genau! Apropos Geständnis: Hat Ihr Täter bereits gestanden, seine Frau, halb Paris und schließlich

Catherine umgebracht zu haben beziehungsweise umbringen zu wollen?"

„Ich habe mit der Demonstration extra auf Sie gewartet, Burma!"

„Tja, dann... Hören Sie, Doktor, werden Sie alles gestehen, wenn der Moment gekommen ist? Ich möchte Sie persönlich darum bitten."

Das Auge des Gefesselten starrte mich an. Dann nickte der Mann wieder.

„Prima. Jetzt fahren Sie bitte fort, Galzat. Und Sie, Covet, wachen Sie auf!"

„Ich schlafe doch gar nicht, verdammt nochmal!" protestierte mein Freund. „Dafür seh ich mir viel zu gerne Stierkämpfe an."

René Galzat hüstelte. Mein Verhalten verwirrte ihn. Und das unserer Zuschauer flößte ihm auch kein großes Vertrauen ein. Irgendwie hatte sich die Atmosphäre nach und nach verändert. Marc Covet wirkte wie der berühmte Engländer, der dem Dompteur von Ort zu Ort hinterherreist, nur um dabeizusein, wenn der Tiger ihn – den Dompteur! – in Stücke reißt. Und Hélène, die mich zuerst eher böse angesehen hatte, bekam so ein verdächtiges Zucken um die Mundwinkel, das nur darauf wartete, in ein Grinsen auszuarten. Der junge Mann hielt sich aber dennoch ganz tapfer. Würde Blouvette-Targuy am Ende der Vorstellung nicht alles gestehen?

„Nachdem ich also die Geschichte mit den beiden Mordanschlägen überprüft hatte", fuhr er schließlich fort, „war ich meiner Sache natürlich endgültig sicher. Ich beschloß, mit dem Mann das entscheidende Gespräch zu führen. In Saint-Ouen erfuhr ich von seiner Frau, daß er sich hier bei Catherine aufhielt. Mich befiel eine seltsame Ahnung. Wie ein Verrückter raste ich hierher. Er selbst öffnete."

„Die Haushälterin war nicht da?"

„Nein, sie ist übrigens bis jetzt noch nicht zurückgekehrt. Sie ist einkaufen gegangen oder hat ihren freien Tag, was weiß ich... War mir übrigens auch lieber so. Was sich hier abgespielt hat, wär für sie ziemlich starker Tobak gewesen."

„Ich dagegen bedaure die Abwesenheit der Haushälterin außerordentlich", sagte ich. „Hätte sie gerne etwas gefragt. Schade... Nun, der Doktor öffnete Ihnen die Tür..."

„Ja, und er war gar nicht glücklich, mich zu sehen. ‚Was machst du denn hier?' herrscht er mich an. Ich stoße ihn zur Seite und betrete das Haus. Ich befürchte das Schlimmste. Gott sei Dank ist Catherine da, bleich wie ein Gespenst, aber sie lebt! Sie muß die Gefahr, in der sie schwebte, geahnt haben. Ich sehe die Gläser auf dem Tisch. ‚Haben Sie was getrunken?' frage ich sie. Ich weiß nicht mehr, was sie mir geantwortet hat, als er auf mich zukam. Drohend wie jemand, dem man sein verbrecherisches Handwerk legt. Ich schicke ihn mit einem Aufwärtshaken zu Boden. Wir prügeln uns. Ich behalte die Oberhand, fessle den Kerl und entdecke das Fläschchen Digitoxin. Catherine wird ohnmächtig. Ich trage sie nach oben, wo sie wieder zu sich kommt. Jetzt ruht sie sich aus. Ich möchte meinen Triumph auskosten und rufe Covet an. Sie konnte ich leider nicht erreichen, Burma, wie gesagt. Wahrscheinlich ist er auf dem Weg hierher, dachte ich."

„Sehr wahrscheinlich, ja. Und was haben Sie jetzt mit Ihrem Gefangenen vor?"

„Ihn in Widersprüche zu verwickeln, ein komplettes Geständnis zu erzwingen und ihn dazuzubringen, sich selbst zu vergiften. So erspart er Catherine den Skandal. Entschuldigen Sie diese minutiöse Inszenierung, aber ich wollte, daß Sie, lieber Burma, endlich einsehen, daß ich mindestens so geschickt bin wie Sie!"

„Ein strammes Programm!" stellte ich anerkennend fest. „Dann fangen Sie mal an!"

„Also, vor vier Monaten beschließt Blouvette-Targuy, seine Ideen, die er in der Broschüre mit dem Titel *Über die nötige Sauberkeit* dargelegt hat, in die Tat umzusetzen. Er mixt ein Gift zusammen und probiert es an seiner Frau aus. Das Resultat ist bekannt: Fehlanzeige! Deshalb sieht er sich gezwungen, gewöhnliches Arsen zu verwenden..."

„Und an seiner Schwägerin probiert er das Gift ebenfalls aus", warf ich ein. „Erinnern Sie sich noch an das, was Catherine uns bei Théron erzählt hat? Starkes Unwohlsein nach dem Verzehr von Kuchen! Sie hat uns zweifellos angelogen. Ich meine, daß sie mit dem angeblich vergifteten Kuchen zu einer Freundin gefahren ist, das war gelogen. Es steht außer Zweifel, daß sie den Kuchen zusammen mit ihrer Schwester gegessen hat... vor etwa vier Monaten!"

„Ja, das stimmt!" rief der Journalist. Er regte sich sofort wieder auf. „Er wollte beide Frauen loswerden! Aber Catherine kommt ihm auf die Schliche. Blouvette beschuldigt sie daraufhin und hat einen Grund, sie rauszuschmeißen. Und vier Monate später, Sie erinnern sich, Burma, schmeißt er sie wieder raus. Gut. Tja, und dann..." Verlegen kratzte er sich am Kopf. „Es steht zwar fest, daß nur er die Schokolade vergiftet haben kann. Aber wie, das ist mir ein Rätsel! Sie sagten, das sei der zentrale Punkt. Das finde ich auch."

Ich kam ihm zu Hilfe und erklärte zum vierten Mal das System des Mörders. Diese Großzügigkeit konnte ich mir ruhig erlauben!

„Wirklich bestialisch", bemerkte Galzat kopfschüttelnd. „Und das muß Catherine rausgekriegt haben."

„Hat sie, Galzat, hat sie! Deshalb wollte sie Sie kennenlernen und Ihre Aufmerksamkeit auf ausländische Lebensmittelhändler lenken, die im Nebenberuf Anarchisten sein sollen."

„Verstehe. Sie hat gehofft, daß ich diesen Verdacht in einem Artikel erwähnen und damit meinerseits die Aufmerksamkeit der Öffentlichkeit auf die betreffenden Geschäfte lenken würde! So hätte der Mörder seinen Plan erst mal auf Eis legen müssen."

„Stimmt beinahe", lobte ich Galzat.

„Wieso beinahe? Ist das wieder Ihre berühmte Dynamit-Masche?"

„Das ist wieder meine berühmte Dynamik-Masche, jawohl!"

„Und ich hatte Sie für einen guten Verlierer gehalten! Jedenfalls sah es vor zwei Minuten so aus. Leider muß ich feststellen, daß Sie Ihre Niederlage immer noch nicht eingestehen wollen."

„Meine was?"

Ich stand auf und ging in dem gemütlichen Salon auf und ab.

„Haben Sie ‚Niederlage' gesagt? Ich gebe mich erst dann geschlagen, wenn Sie mir beweisen, daß Monsieur Besse nicht herzkrank ist."

Jetz guckten alle Anwesenden ziemlich dumm aus der Wäsche. Mit gutem Grund. War ich plötzlich plemplem geworden? Nur einer dachte anders: Dr. Blouvette-Targuy. Dem Blick seines heilen Auges entnahm ich, daß er mich wirklich für sehr dynamisch hielt.

„Was soll das denn schon wieder?" kreischte Galzat.

Mein Konkurrent regte sich immer mehr auf. Er spürte, daß ihm der Boden unter den Füßen weggezogen wurde oder ihm die Decke auf den Kopf fiel. Was war das nun wieder für ein Trick à la Dynamit-Burma? Und wer war dieser Monsieur Besse?

„Schluß jetzt mit dem Affentheater!" rief ich. „Sie werfen mir vor, ich würde zu schnell zuschlagen. Und Sie? Wenn Sie Ihrem Opfer eine Minute Zeit gelassen hätten für eine Erklärung, anstatt ihn sofort auf die Bretter zu schicken, dann hätte er Ihnen vielleicht verraten, daß das Digitoxin für seinen Freund und Patienten Monsieur Besse in der Rue Nicolo bestimmt war!" Ich holte tief Luft, redete aber sofort wieder weiter, um Galzat nicht zu Wort kommen zu lassen. „Dieser Patient ist nämlich herzkrank, und ihn wollte Blouvette... Dr. Blouvette-Targuy zu Hause besuchen – nachdem er auf einen... äh... Sprung bei seiner Schwägerin reingeschaut hatte. Er hätte Ihnen außerdem noch verraten... Aber es wäre, glaube ich, nicht schlecht, wenn Sie mich von Zeit zu Zeit korrigieren würden, Doktor. Denn auch uns Halbgöttern unterläuft mal ein Fehler... allerdings weniger kapitale als Ihnen, Galzat! Hélène, entfesseln Sie bitte den armen Doktor und nehmen Sie ihm den Knebel aus dem Mund! Danke. Ich möchte Sie bitten, Doktor, mit Ihren Protesten noch ein wenig zu warten und schweigend zuzuhören. Unterbrechen Sie mich nur, wenn Sie etwas richtigstellen müssen oder ich Sie etwas frage. Einverstanden? Gut. Also los, die erste Frage: Ist Monsieur Besse herzkrank?“

„Ja.“

„Das wär's erst mal für den Augenblick. Ich fahre fort.“

Ich ging zu der Treppe, die nach oben führte, und setzte mich auf eine der Stufen. Im Salon war es mucksmäuschenstill. Ein leichtes Zittern durchlief meinen Körper. Im Nebenhaus klimperte immer noch jemand auf dem Klavier.

„Dr. Blouvette-Targuy hätte Ihnen weiterhin verraten, mein lieber Galzat, daß er sich bei Catherine für seine Verdächtigungen entschuldigen und ihr sagen wollte, wie glücklich er und seine Frau seien, daß ausländische Händler ihre Waren vergifteten. Nicht daß Monsieur oder Madame Blouvette-Targuy Monster wären – um Ihren Lieblingsausdruck zu gebrauchen! – und sich über die Todesfälle freuten! Aber erleichtert waren sie doch, daß Catherine mit ihrer Vermutung, der Kuchen sei durch Ausländer nach einem diabolischen, nihilistischen oder anarchistischen Plan vergiftet worden, recht behalten hatte. Sind Sie hergekommen, um sich für Ihre ungerechtfertigten Verdächtigungen zu entschuldigen, Doktor?“

„Ja“, bestätigte Blouvette-Targuy mit tonloser Stimme.

„Sie müssen wissen, Galzat, ich habe wie Sie den Doktor verdächtigt. Die menschenverachtenden Ideen aus seiner Jugend sprachen wirklich nicht für ihn. Aber dann wurden Sie, Galzat, von Paoli entführt. Blouvette hätte genug Zeit gehabt, Sie um die Ecke zu bringen. Im Hospital hatte ich ihm nämlich verraten, daß Sie hinter dem Giftmörder her waren! Und so kam ich ins Grübeln. Die Frauen lieben den Doktor heiß und innig – selbst wir von *Fiat Lux* mußten uns mit den Folgen rumschlagen. Woraus setzt sich die Kundschaft von Gutt und Lambert hauptsächlich zusammen? Aus Frauen!

Wie viele Opfer sind bisher zu beklagen? Drei! Gemessen an der Zielsetzung der menschenfeindlichen Broschüre, ist das eine eher klägliche Zahl. All das führte mich zu folgender Hypothese: Catherine, impulsiv und leicht zu entflammen, wie sie nun mal ist, verliebt sich in ihren Schwager. Sie gesteht ihm ihre Liebe. Er weist sie ab. Ich persönlich frage mich: Warum? Catherine ist doch sehr verführerisch... Tatsache jedenfalls ist, daß er nichts von ihr wissen will."

„Genauso war's!" ereiferte sich Blouvette-Targuy. „Sie glaubte natürlich, daß meine Frau mich davon abhielt, mich ihr zuzuwenden. Also versuchte sie, ihre Schwester zu vergiften."

„Was mißlang."

„Ja. Der Kuchen schmeckte so scheußlich, daß meine Frau nach dem ersten Bissen sofort alles ausspuckte, was sie im Mund hatte. Fast alles. Denn von dem bißchen, das sie bereits geschluckt hatte, wurde sie krank. Ich beschuldigte Catherine, doch sie schwörte bei allen Heiligen, daß sie unschuldig sei, daß wahrscheinlich Mitglieder der *Schwarzen Hand* oder einer anderen Verbrecherbande den Kuchen vergiftet hätten. Sie machte sich Vorwürfe, sagte, sie hätte vorsichtiger sein müssen, da sie von ähnlichen Fällen aus der Presse erfahren habe. Schimpfte auf die unfähige Polizei, die nichts dagegen tue..."

„Womit sie gar nicht so unrecht hatte", warf ich ein.

„Ich glaubte ihr kein Wort und wies ihr die Tür."

„Tief gekränkt", fuhr ich fort, „nahm sie sich vor, sich ein Alibi zu verschaffen. Eins, das sicherlich in den Annalen der Kripo einmalig sein dürfte! Teuflisch, bestialisch. Eins, das nur dem kranken Hirn eines Verrückten entspringen kann, obwohl es von maßloser, logischer Intelligenz zeugt. Ihr kam folgende Idee: Sie wollte ihre These von dem geheimnisvollen Morden in Paris untermauern. Das würde sie von dem sie kränkenden Verdacht reinwaschen. Sie bringt vergiftete Schokolade in Umlauf – das System ist uns inzwischen bekannt. Möglichst viele Menschen sollen daran sterben. Dann kann sie zu ihrer großen Liebe gehen und sagen: ‚Siehst du, daß ich recht hatte?' Und vielleicht, wer weiß, kann sie ihn dann doch noch erobern. Das perfekte Alibi! Sie wartet die Resultate ihres teuflischen Manövers ab. Sie muß lange warten. Entgegen ihrer Erwartungen gelangen die von ihr vergifteten Süßigkeiten nicht sofort in den Verkauf. Dann – endlich! – stirbt Jean Tanneur. Catherine hört von dem Tod des Jungen. Sie fährt nach Saint-Ouen, aber Blouvette will immer noch nichts von ihr wissen. Bevor er sie wieder rausschmeißt, jammert sie: ‚Das ist bestialisch!' Das Wort begegnet uns reichlich oft, finden Sie nicht? Sie meint zwar das Verhalten ihres Schwagers, aber nicht in dem Sinn, den wir annehmen, lieber Galzat... Dr. Blouvette-Targuy weist seiner Schwägerin die Tür und kommt zu uns ins Wartezimmer. Als ich das Wort ‚Arsen' erwähne, wird er verlegen. Klar! Er fragt sich, was ich will und, vor allem, was ich weiß! Um mir genauer auf den Zahn fühlen zu können, lädt er mich zum Abendessen ein. War es so?"

„Genauso", antwortete der entfesselte Arzt.

„Jetzt zu Louis Béquet. Sie sind davon überzeugt, sich bei dessen Todesursache nicht getäuscht zu haben, aber trotzdem... Wenn nun Catherines Geschichte, so unsinnig sie Ihnen auch erscheint, doch wahr ist? Wir leben in unsicheren Zeiten: zwei, drei mysteriöse Verbrechen pro Monat, die die Polizei nicht aufklären kann... Kurz und gut, Sie beantragen eine Autopsie von Béquets Leiche. Das Ergebnis enttäuscht Sie gewissermaßen; denn im Grunde möchten Sie an die Unschuld Ihrer schönen Schwägerin glauben! Mit jedem neuen Giftmord würde ihre Unschuld wahrscheinlicher. Und dann stirbt Irma Denoyel. Einige Tage später besuchen Sie mich im Hospital. Was wollten Sie eigentlich von mir?"

„Ihr fachmännisches Urteil!" antwortete Blouvette. „Sie haben ständig mit Verbrechen zu tun und hätten mir sagen können, ob so eine kriminelle Bande, von der Catherine sprach, tatsächlich existieren könnte."

„Als Sie aber Catherine aus meinem Zimmer kommen

sehen, sind Sie durcheinander. Sie schimpfen über alles mögliche, nur um das heiße Thema nicht anzusprechen. Übrigens haben natürlich nicht Sie das Gift in meinen Kräutertee geschüttet, sondern Ihre verrückte Schwägerin! Sie war zweimal mit Théron bei mir, ebenfalls um rauszukriegen, was ich über die Giftmorde dachte. Nichts anderes – aber auch gar nichts! – rechtfertigte ihre Besuche. Beim zweiten Mal hab ich vielleicht ein unvorsichtiges Wort fallenlassen, das sie zum Handeln zwang. Handeln heißt in diesem Falle: Umbringen!"

Hier machte ich eine Pause, um mir eine Pfeife zu stopfen. Dr. Blouvette-Targuy schüttelte betrübt den Kopf. Marc Covet war fasziniert. Solche Geschichten machten ihm Spaß! Hélène genoß aus Solidarität den Triumph, obwohl ich auch sie an der Nase herumgeführt hatte. Und René Galzat... Tja, René Galzat saß zusammengesunken auf dem Sofa, am Boden zerstört. Seine Lippen zitterten nervös. Im Salon herrschte tiefes Schweigen. Das Klavier im Nachbarhaus gab keinen Ton mehr von sich. Nur ich nahm etwas wahr: ein Atmen, schwer und pfeifend. Es kam weder von mir noch von jemandem sonst in diesem Raum. Es kam von jemandem, der oben an der Treppe stand und lauschte.

„Und jetzt", nahm ich den Faden wieder auf, „gehen wir wieder zurück zu dem Tag, an dem wir, Galzat und ich, im Hause Blouvette-Targuy den Streit belauscht haben. Catherines Besuch hat nämlich nicht den gewünschten Erfolg, der Doktor läßt sich nicht umstimmen. Doch lange wird es nicht mehr dauern. Catherine veranlaßt unseren gemeinsamen Freund Julien Théron, eine Begegnung zwischen ihr und dem jungen Mann zu arrangieren, über den soviel geredet wird: René Galzat. Vorsichtshalber erzählte sie Julien von einem Unwohlsein, das sie selbst nach dem Verzehr von Kuchen befallen hatte. Ich nehme an, das war eine Lüge. Nun, die Giftmischerin will also dem berühmten Journalisten ihre Ideen von der anarchistischen Verbrecherbande einflüstern, die dann durch einen Artikel im *Crépuscule* noch glaubwürdiger werden würden. Galzat ist das ideale Werkzeug: jung, aktiv, auf der Jagd nach Geheimnissen, die er k.o. schlagen kann! Catherine kann sich auf ihren Charme verlassen. Doch es kommt, wie so oft im Leben, ganz anders: Catherine Larcher verliebt sich in René Galzat! Nur so ist ihr späteres Verhalten zu erklären. Der Mann, der sie zu ihrem bestialischen Tun getrieben hat, Blouvette-Targuy, ist aus ihrem Herzen verdrängt worden. Von diesem Augenblick an hat Catherine Angst und weiß nicht mehr, was sie tut. Das Gift – ihr Gift! – geistert noch immer in Paris umher, sie muß es aus dem Verkehr ziehen! Mit der Engelsgeduld eines verliebten Teufels klappert sie alle Vorortläden ab, kauft Pralinen, so viele sie bekommen kann, und verheizt sie in ihrer Garage. Deswegen, mein lieber Galzat, war für Sie die Garage tabu! Sie sollten um keinen Preis irgendwelche Spuren ihrer Vernichtungsaktion entdecken. Was für ein irrer Gedanke! Wie sollte sie den Inhalt der Schachteln wiederfinden? Sie waren doch in alle Himmelsrichtungen verstreut worden. Wie Sie schon so richtig sagten, Galzat: Eine Verrücktheit zieht die nächste nach sich! Catherine will die Serie der Todesfälle beenden. Die hindern sie nämlich daran, die große Liebe ihres Lebens zu genießen. Nur einen Mord muß sie noch begehen, um ihre Ruhe zu haben: an Nestor Burma, dem Mann, der ihr in seiner Eigenschaft als Privatflic gefährlich werden könnte. Also mischt sie Arsen in seinen Tee oder in seine Heilwässerchen. Ja, sie stürzt von den höchsten Gipfeln ihrer Intelligenz in die tiefsten Abgründe ihres Wahnsinns. Ein unglückliches Opfer der Umstände, sozusagen! Heute zum Beispiel ist sie einem ähnlichem Wechselbad ausgesetzt: Einerseits schwebt sie im siebten Himmel, und dann wieder sieht sie sich der unausweichlichen Katastrophe gegenüber. Ihr siebter Himmel: Der Mann, der sie so hartnäckig verdächtigt hat, leistet Abbitte und gesteht seinen Irrtum ein. Endlich ist sie reingewaschen! Der Tod eines jungen Mannes in Billancourt hat dem Doktor die Augen geöffnet... oder endgültig verschlossen, ganz wie man will. Die Schwägerin ist nicht mehr das Monster, für das er sie gehalten hat. Ihre Vermutungen über anarchistische Schokoladenverkäufer haben sich bestätigt. Das war doch Ihre Meinung, Monsieur Blouvette-Targuy, oder?"

„Ja", flüsterte der Doktor mit so leidgeprüfter Stimme, daß wir eine Schweigeminute einlegten.

Darauf hatte der Meisterschüler im Nachbarhaus nur gewartet, um wieder auf sein Klavier einzuhämmern. Tonleitern stolperten rauf und runter...

„Und in diesem Moment taucht Freund Galzat auf und versaut alles! Bleich wie ein Gespenst war die arme Catherine, haben Sie gesagt? Sie wurde ohnmächtig, brauchte Ruhe? Kann ich mir lebhaft vorstellen!"

„Aber der Beweis!" schrie Galzat. „Der Beweis für Ihre scheußlichen Behauptungen, Burma!" Er konnte es einfach noch nicht glauben. „Der Beweis!"

„Keine Angst", beruhigte ich ihn, „sie wird schon gestehen. Ich habe Ihnen lange genug zugehört, als Sie Ihre Theorie auseinanderlegten. Und noch länger habe ich gebraucht, um die Dinge wieder zurechtzurücken. Das alles nur, um unserer Freundin Zeit zur Flucht zu geben. Herrgott nochmal, Sie ist zu schön für die groben Leinenkittel von Rennes oder Hagueneau! Gegen die Pralinen, die noch im Umlauf sind, haben wir sowieso keine Chance. Und weitere wird sie nicht mehr vergiften... Doch Catherine hat die Gelegenheit zur Flucht nicht genutzt. Sie steht oben und hört uns zu. Ohne einzugreifen, ohne zu widersprechen."

Galzat rannte zur Treppe. Ich packte ihn am Arm und hielt ihn zurück. Oben hörte man ein Rascheln, dann wurde eine Tür heftig zugeknallt. Im Salon war es dämmrig geworden, wir hatten es gar nicht bemerkt. Galzats bleiches Gesicht leuchtete wie die helle Kugel des Vollmonds in der Nacht.

Ein bedrückendes Schweigen folgte, unterbrochen nur von dem unbarmherzigen Schüler, der einfach nicht von seinem Klavier ablassen wollte.

Und in diese unmusikalische Stille fiel ein Schuß.

Etwas Schweres fiel auf den Boden über unseren Köpfen.

Paris, 1945

Inhaltsverzeichnis

Léo Malet

Léo Malet, geboren 1909 in Montpellier, riß mit sechzehn Jahren nach Paris aus, schloß sich den Surrealisten an und schlug sich als Chansonnier auf dem Montmartre durch. Mit André Breton verband ihn eine lebenslange Freundschaft, ebenso zu Salvador Dalí und René Magritte. Für seine legendären Kriminalromane erhielt Léo Malet mehrere hohe Auszeichnungen. Er lebt heute in Paris.

Bilder bluten nicht *Krimi aus Paris. 1. Arrondissement*
(rororo 12592)
Mord in den Markthallen und Diebstahl im Louvre.

Stoff für viele Leichen *Krimi aus Paris 2. Arrondissement*
(rororo 12593)
Vierzehn Leichen säumen Nestor Burmas Weg.

Marais-Fieber *Krimi aus Paris 3. Arrondissement*
(rororo 12684)
Ein Pfandleiher ist in mysteriöse Morde verwickelt.

Spur ins Ghetto *Krimi aus Paris. 4. Arrondissement*
(rororo 12685)
Ein Mädchen wird nach einer Party mit einem SS-Dolch erstochen.

Bambule am Boul'Mich' *Krimi aus Paris. 5. Arrondissement*
(rororo 12769)
Liebe, Erpressung und Okkultismus.

Die Nächte von St. Germain *Krimi aus Paris. 6.Arrondissement*
(rororo 12770)
Nestor Burma trifft auf Dichter mit seltsamen Ideen.

rororo Unterhaltung

Corrida auf den Champs-Élysées *Krimi aus Paris. 8. Arrondissement*
(rororo 12436)
Nestor Burma als Leibwächter einer Film-Diva.

Streß um Strapse *Krimi aus Paris. 9. Arrondissement*
(rororo 12435)
Nestor Burma sucht nach den Kronjuwelen des Zaren.

Wie steht mir Tod? *Krimi aus Paris. 10. Arrondissement*
(rororo 12891)
Ein Schlagerstar fürchtet um Karriere und Leben. Erfolgreich verfilmt mit Jane Birkin und Michel Serrault.

Kein Ticket für den Tod *Krimi aus Paris. 12. Arrondissement*
(rororo 12890)
Ein Weinhändler setzt alles daran, seine Stieftochter zu beseitigen.

Die Brücke im Nebel *Krimi aus Paris. 13. Arrondissement*
(rororo 12917)
Nestor Burma wird von einerZigeunerin engagiert um den Tod ihres Vaters zu rächen.

P. D. James

Adam Dalgliesh ist Lyriker von Passion, vor allem aber ist er einer der besten Polizisten von Scotland Yard. Und er ist die Erfindung von **P. D. James.** «Im Reich der Krimis regieren die Damen», schrieb die Sunday Times und spielte auf Agatha Christie und Dorothy L.Sayers an, «ihre Königin aber ist P. D. James.» In Wirklichkeit heißt sie Phyllis White, ist 1920 in Oxford geboren, und hat selbst lange Jahre in der Kriminalabteilung des britischen Innenministeriums gearbeitet.

Ein reizender Job für eine Frau
Kriminalroman
(rororo 5298)
Der Sohn eines berühmten Wissenschaftlers in Cambridge hat sich angeblich umgebracht. Aber die ehrfürchtig bewunderte Idylle der Gelehrsamkeit trügt.

Der schwarze Turm *Kriminalroman*
(rororo 5371)
Ein Kommissar entkommt mit knapper Not dem Tod und muß im Pflegeheim schon wieder unnatürliche Todesfälle aufdecken.

Eine Seele von Mörder
Kriminalroman
(rororo 4306)
Als in einer vornehmen Nervenklinik die bestgehaßte Frau ermordet wird, scheint der Fall klar – aber die Lösung stellt alle Prognosen über den Schuldigen auf den Kopf.

rororo Unterhaltung

Tod eines Sachverständigen
Kriminalroman
(rororo 4923)
Wie mit einem Seziermesser untersucht P. D. James die Lebensverhältnisse eines verhaßten Kriminologen und zieht den Leser in ein kunstvolles Netz von Spannung und psychologischer Raffinesse.

Tod im weißen Häubchen
Kriminalroman
(rororo 4698)
In der Schwesternschule soll ein Fall künstlicher Ernährung demonstriert werden. Tatsächlich ereignet sich ein gräßlicher Tod... Für Kriminalrat Adam Dalgliesh von Scotland Yard wird es einer der bittersten Fälle seiner Laufbahn.

Ein unverhofftes Geständnis
Kriminalroman
(rororo 5509)
«P. D. James versteht es, detektivischen Scharfsinn mit der präzisen Analyse eines Milieus zu verbinden.»
Abendzeitung, München

Romane und Erzählungen

Peter Høeg
Fräulein Smillas Gespür für Schnee *Roman*
(rororo 13599)
Fräulein Smilla verfolgt die Spuren eines Mörders bis ins Eismeer Grönlands. «Eine aberwitzige Verbindung von Thriller und hoher Literatur.» *Der Spiegel*

Denis Belloc
Suzanne *Roman*
(rororo 13797)
«Suzanne» ist die Geschichte von Bellocs Mutter: Das Schicksal eines Armeleutekinds in schlechten Zeiten. «Denis Belloc ist der Shootingstar der französischen Literatur.» *Tempo*

Ray Loriga
Vom Himmel gefallen *Roman*
(rororo 13903)
Ray Loriga, Jahrgang 1967, lebt in Madrid. In seinem mit Bitterkeit und schwarzem Humor getränkten Roman verfolgen Polizei und Medienmeute einen jugendlichen Killer quer durch Spanien.

Andre Dubus
Ehebruch und anderes *Vier Novellen*
(rororo 13744)
Stimmen vom Mond *Roman*
(rororo 12446)
Sie leben jetzt in Texas *Short Stories*
(rororo 13925)
Zehn klassische Short Stories von Andre Dubus über Menschen, die versuchen, mit aufrechtem Gang das Leben zu bewältigen. «Seine Geschichten sind bewegend und tief empfunden.» *John Irving*

rororo Literatur

Daniel Douglas Wissmann
Dillingers Luftschiff *Roman*
(rororo 13923)
«Dillingers Luftschiff» ist eine romantische Liebesgeschichte und zugleich eine verrückte Komödie voll schrägem Witz, unbekümmert um die Grenzen zwischen Literatur und Unterhaltung.

Michael Frayn
Sonnenlandung *Roman*
(rororo 13920)
«Spritziges, fesselndes, zum Nachdenken anregendes Lesefutter. Kaum ein Roman macht so viel Spaß wie dieser.» *The Times*

Radek Knapp
Franio *Erzählungen*
(rororo 13760)
Die Erzählungen von Radek Knapp wurden als bestes Debüt des Jahres mit dem «aspekte»-Literaturpreis des ZDF ausgezeichnet. «Dieser Autor hat Witz, Pfiff, Humor!»
Marcel Reich-Ranicki